禮　物

（上冊）

《禮物》（上冊）

作者：小男

本書榮獲第一屆「海峽兩岸網路原創文學大賽」優秀獎

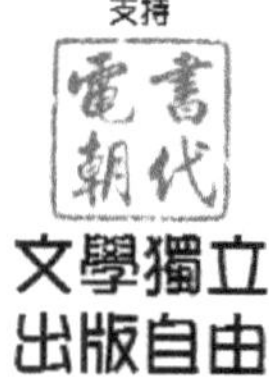

中文紙本書（第二版）於 2020 年由電書朝代製作發行

並由 Ingram Content Group 旗下之 IngramSpark 隨需印刷，推廣銷售

電書朝代 (eBook Dynasty) 為澳洲 Solid Software Pty Ltd 經營擁有

Web: http://www.ebookdynasty.net/

Email: contact@ebookdynasty.net

目錄

禮物（上冊）　　　　　　　　　　　　　　　5

作者介紹　　　　　　　　　　　　　　　　139
第一屆「海峽兩岸網路原創文學大賽」　　　140
優秀獎《禮物》作者專訪

禮物（上冊）

一、

　　天空看起來是那樣意氣風發。

　　即使大氣成份含量在經過數萬年重組也未改其蔚藍的顏色，朵朵密實的白雲如香嫩雪花糕，光是用看的就能體會它滑潤的口感，當然，這僅只是人數萬年來對天空換湯不換藥的貪想──一廂情願並盡情發揮著。

　　櫛比鱗次的大樓反射自高空而下的刺眼陽光，如同打磨後發亮的玄武岩矗立成群，巍峨得像自太古洪荒後理所當然存在這個小小的盆地似地；星羅棋布的馬路間，一台被太陽照得發燙的公車像塊剛進爐的金屬原胚在輸送帶上緩緩移動──外圍有令人難以忍受的高溫，內部卻是個冰冷的世界，冷氣口吹出的冷風卻能在數十秒內讓車內充滿黏膩汗水的乘客皮膚乾爽，讓他們能心無旁鶩地低下頭，在掌中方寸的螢幕裡打發時間，和未曾謀面的人火熱交際，或者玩玩自得其樂的「小遊戲」。

　　家惠坐在車裡發呆，手中鬆開的是「跳出」社群網站畫面的手機。她有一種被切割成塊的感覺，在網站上搜尋過別人多采多姿的生活，再望望窗外，和五光十色的世界比起來，她覺得自己還是比較在意真實世界帶來的感官刺激，她甚至相信比那些躲在網路世界裡說自己幸福，而實際上生活千瘡百孔的人還來得實際──因為人畢竟還是得面對那些足以左右自己會不會淪至悲慘境地的現實。

　　街上穿梭形形色色的人，車流不息，繁複的環境創造多元進步，朝向文明進化的國家靠著往來貿易讓能源共享、資訊交流地持續蛻變著，家惠雖然沒有參與幾十年來的經濟勞動，卻在她不過短短十幾年存在的生命中，感受到進步就是「這個樣子」。

街道被大大小小的屏幕所掛滿，這是自人類產生文明以來資訊最輝煌的展現：各種造型的燈幕廣告、3D 立體全像投影……哪一個不是企圖用沒有盡頭的複製行為將全世界人思想拉到最相近的地步？家惠甚至認為，歌功頌德的古人沒有一項比得上現在文明的貢獻，空氣中充滿了新的，屬於她、契合她，可以摩拳擦掌，準備好好享受一番的痛快，沒有拒絕接受這一切美好的理由，因為這世界會成為現在這個樣子，說穿就是為了他們這些「後面」出現的人享受的，但她自認要的不多，既沒野心當總統，研究偉大科學的實驗室她也用不上，水庫發電、海上的鑽油平台、礦場採石、伐木……這些要運作的事物太龐大也太複雜，自己沒本事親近，也沒本事懂，只要在滿街的項鍊、耳環、手機佩飾之間做出小小的選擇就行了，新穎東西不斷出現，把握汰舊換新的原則就可以快樂活下去，曾經聽過的、或者確有遺留證據的，都在她視野底下一次次地被沖淡、刷新、重組，以至於有一種歷史課本闡述的戰爭是為了讓他們這些學生有故事聽才發生的錯覺，也為了讓家惠趕上使用現在的便利和文明；那些比她這輩大一輪以上，以及十歲以下還未有獨立自主能力的孩童，都不全然有資格享受這個世界，只有他們這一輩擁有最巔峰的體力狀態和發想衝勁，與此時此刻的世界才有最相映襯的頻率。

這種過度膨脹的感覺讓家惠出了神，耽溺於這個人造的極樂世界，以至於公車坐過站都沒發覺，直到紅燈將公車擋下來，形色匆匆的人們往斑馬線中央匯聚，家惠才猛然發現這不是該經過的十字路口，只好趕緊按鈴至下一站下車，在太陽曬得熱騰騰的馬路上慢慢往回走。

沿街是琳瑯滿目的商品，襯著費心打扮出門的人。

在家惠眼底，三五成群打扮入時的年輕人就像是古羅馬宮廷後花園那群不問滄桑、似乎有用之不盡的青春可以揮霍的皇伴，成天只要讓自己看起來賞心悅目就行；他們就算是斜倚著毫無美感的消防栓，看起來也是那麼有自信，席地而坐也好，點支煙蹲在樑柱旁一付強說愁的模樣也罷，年輕，就是展現自我風格的年紀……林立的招牌間、車水馬龍的街道上，不管是英式學院配上雷鬼風，還是復古時尚搭配甜美或民族風……世界文化在這一輩人身上建立了多元混搭和衝突的美感，就像是混血兒身上可以同時流淌數種民族的血液一樣，外貌看得見某些種族的特徵，但又無法說出遠古以前具體的血脈源頭；如同這個鬧區，各國美食料理任君挑選，明目不同卻嚐起來大同小異，那是因為各種香料可以透過發達的交通從地球遙遠的另一端飄洋過海而來，只要複製當地的料理再「混血」本地的口味，吃起來便能有某種國度的特色，但又說不出來「道地」是怎麼一回事。

家惠喜歡來鬧區，不僅因為好玩，還能見識許多美麗的人和物；食物可以因為口腹之慾由一個國家傳遞到另一個國家、流行的思想當然也能化為物質傳播出去、甚至近百年不墜；那穿吊帶褲會說人話的老鼠、有萬用口袋的機器貓到所謂個性化的萌系、宅系、偏執愛戀的多「控」……林林總總反應人生百態，也尋找認同者的共鳴。

這個世界上，乃至只有這樣一座小城市就有這麼多有趣的事物，吃的看的玩的應有盡有，衣服鞋子永遠也挑不完，她可以一整天在購物商圈欣賞櫥窗的展示品，摸摸那些新奇小物，還會在嵌著琉彩燈的大型遊戲機旁觀賞挑戰的人在打電子鼓、跳舞、射擊，永遠有厲害的人刷新記錄，也有更刺激的遊戲不斷再更新，和群眾一同聚焦在那些熱鬧上，感受充滿活力的生命、享受科技帶來的歡快與刺激。

不過，就因為是享受，所以她看不見各家店老闆做生意承受的成本壓力，她也看不見速食店在大大的看板上投注多少行銷的努力，也看不見美食店內的廚師是花多少心血才研究出顧客喜愛的菜色，繼而決定一家餐廳的成敗，當然，她更看不見無時不刻掃街的清潔工為習慣不佳的路人收拾遺棄在花圃裡喝剩的飲料罐、休憩椅下的煙蒂及隨手亂扔的傳單和亂吐的口香糖。她只抬頭看見電影院入口處播放的電影預告片是如何利用聲光效果吸引群眾的注意，從售票口後頭飄出來的爆米花香味是如何吸引約會的情侶希望能捧上一杯，坐在涼快的戲院裡共享視覺與味覺的豐富；她也只看到髮廊玻璃窗內的潮男靚女尊貴地坐在裡頭讓造型師好生伺候著，卻對手指因工作疼痛脫皮的實習生視而不見……那些消費者豐富了城市的美麗，她相信是他們製造美好生活的元素，所以她注意他們，也希望自己能成為那成那美麗畫面的一部份，成為被其他人羨慕的一份子……

想著想著，家惠感到口渴難耐，不禁舔舔乾燥的嘴唇。

距離頭頂一萬五千公里的太陽噴出了近一年來距離地球最近的一道日珥。現在她想喝些什麼來解渴。

但是這給了家惠一個大難題，雖然對生物來說，這種需求很單純，但是人製造出來的花樣卻讓選擇變得困難。單就打開水龍頭或透過濾水器解渴的地點就多如牛毛：圖書館、公園、書店、美術館、銀行、火車站、機場……更別說需要付費的水酒，更是無孔不入地在任何交易貨品的地方可以買到：從傳統市場到超商超市、飲料專賣店、飯店、百貨公司、各色美食餐廳、球場、學校、還有數不清的流動攤販……解渴成為一種需要費神的選擇，但可以保證絕對不會渴死，雖然在入口之前還是得忍耐一段挑選口味的時間，尤其對於只偏好某種味道的人來說，那是值得的，這種看似簡單的決定，但味道背後又摻入多少複雜的添加劑才能成此一味呀，而這味又有多少種相似的飲品教人舉棋不定、搖擺不已……如茶類而言，除了由不同品種的茶葉做基底外，上百種食用色素和石油提煉出來的糖精和沒有任何一滴牛羊的奶……這些在自然界看不見的東西以合成之姿成為水的附屬品，在習慣攝取它們的人如果沒有嚐到它們的味道便會認為喝水是一件無趣的事，就像家惠，她認為生活要有趣、學習要有趣、說話要有趣、吃飯要有趣、喝水當然也要有趣，說是享樂主義作祟也罷，沒有身處在腹背受敵的世代好去憂心傷神，當然就只能在一成不變的太平盛世中求變化，才能製造出更多的樂趣，而快樂不就是從自由安定中發展出來的嗎？

家惠考慮是否該進冷飲店買杯飲料解渴，但糾結了一會兒，還是決定到KTV的包廂再喝好了，朋友一定點了大壺飲料等著與她分享才是。

她走進一棟有著淺綠色玻璃帷幕的大樓，懸吊水晶燈大廳下是親切迎來的服務人員，帶著家惠往樓上同學聚集的包廂。

小佳、泡泡和Ann拿著麥克風唱得正激昂，一見到家惠進來便嚷著要她伴舞，桌上放的是點歌本和剛端上來的蛋糕和果汁。看來這場子還沒有過最熱的時候。

家惠融進她們笑鬧中，牆上的掛畫和電視螢幕彷彿就要被尖叫聲震碎、溶解。

小佳催促家惠點餐，雖然已經過了下午一點，晚睡晚起可得把握這時候將早、午餐一次解決才好，但她似乎更熱衷唱歌，便草草點了滷味就開始搜尋歌單上的歌。

突然，手握麥克風的Ann盯著電視螢幕裡投影一頭公主捲長髮，別著水鑽蝴蝶結頭飾的自己，面色凝重起來……她向大家宣佈畢業後要出國唸書，然後含著不明所以的淚水，用極其歡快的聲音大喊：「我自由了！」

沒有感到不捨和震驚，其他人紛紛表示羨慕：能擺脫詭異的升學制度，真是上輩子修來的福！

泡泡用一貫冷靜的態度說：「真好，解脫了。」

「出國唸書等於出國玩嘛！」小佳則說。

在她們四人當中，Ann的家境最好，雖然算不上豪門大戶，學習鋼琴、芭蕾卻是她生命少不了的點綴，看話劇、聽音樂會、辦派對則串起她童年的一切，她父母曾毫不吝嗇在親友面前表示：「孩子就是要讓他們自由發揮，能給就給，否則會埋沒天賦！」

多麼開明的父母！

但為什麼會有這樣令人討厭的女兒？家惠不喜歡她用貶低他人好抬昇自己的手段，尤其是「炫耀」這種事，Ann 曾把她家狗的照片四處給人看：對著主人手機鏡頭睜大眼在寵物 Spa 中心水療的模樣，或躺在專屬的四柱床上大啖牛排的「目中無人」，就像是利用狗的尊寵來達到別人羨慕自己的目的，這些都令她作嘔！但有一事家惠並不在意，反倒覺得很有趣，就是有一次 Ann 又為了成為男同學關注的焦點而在遊樂園大肆宣傳和家惠一起在玩「鬼屋」的事：「她（家惠）都愛裝鬼嚇人了，怎麼可能不敢一個人回家！」言下之意是要想送家惠回家的男同學打退堂鼓，進而轉移來保護自己的念頭。

反觀泡泡父母對孩子的教育比對 Ann 的父母來說，就像是左右顛倒的鏡子，泡泡記得清清楚楚，在她還很小的時候，她母親便帶她上遍打著名師開授的潛能培訓中心去訓練「專注力」。

哪個孩子會在不感興趣的事物上專注力達到百分之百？

泡泡只記得那裡的老師為了讓他們做到「專注力」，卻反而讓她更沒有辦法專心：她的腦子只浮現爸媽那樣具壓力的臉，是如何希望她成為第二個愛迪生，專注力的培養證明只是口號而已。

「表達力課程」——她只記得上台「表演」的就只有在教室外盯場那幾個父母的小孩，有些愛現得沒道理，講出來的話既浮誇又公式化，而有些還沒有準備好的孩子被催著上台愣著，接受大家異樣的眼光，讓打擊自尊心加分。

而「強化記憶力課程」——要塞什麼記憶給孩子？客戶資料還是公司章呈？孩子喜歡的東西不必教就會牢牢記住，除非是為了死背不感興趣的東西才需要這種能力，所以為了達到此等功能，父母親便教會孩子

第一課，那就是「應付」：如何靠著加強記憶去應付大大小小的考試，「只要考高分，什麼事都能實現。」父母親如是說，但對長大後的孩子而言，實現的會是什麼？如果是他們十幾年來「應付」的東西，那這忙值得嗎？這一點是泡泡多年後才發現的「陷阱」，她在堂兄姐的身上已經看出了後遺症，到了三十好幾還不知道自己能做些什麼，於是她開始為自己緊張，發現自己對「興趣」這東西相當陌生——可見「激發創造力」這種課也白上了，她記得自己曾在一個白色的空間裡，台上老師講解著什麼是創造力，然後要台下的孩子們對著一張用到紙邊起毛的教材做圖案的聯想……難道不能出去玩嗎？外面的天空正藍，野地上蚱蜢、螽斯和瓢蟲正快意彈跳，等待孩子去親近它們，縱使天空裡突然烏雲密怖，得冒著淋雨受寒的風險，是否也能在大自然不可預期的狀態下看見更不一樣的生姿百態？體會一下衣服溼透黏身的感覺、嚐一口泥土濺身的味道，踐踏水窪也不用擔心受到責罵，因為有支持和關心在做「激發創造力」的後盾，放開他們，遠離教室——即使沒有桌椅的教室也是，因為對習慣坐在室內上課的人來說，學問在四方的教室之外已經不存在了。

　　泡泡的父母就是標準「望女成鳳」的典型人物——應該是說偉大的政府教育政策如何，便是奉行到底、不問好壞的那一種，所以當家惠她們對於泡泡能玩又能考試拿高分感到羨慕時，泡泡卻嗤鼻地嘲笑自己成績高，但痛苦指數也最高，她一點也不感激父母，因為她覺得自己什麼也沒有得到，反而襯了他們的心，令她相當不爽。

　　所以她有了抽煙的藉口——應該說是「理由」。她常說學業壓搾了她的時間，所有的創意發想都被苦讀所取代，父母成為學校的幫兇，讓她回家也無法放鬆，父母已不再是父母，是典獄長旁荷槍實彈的武警，天天檢查她在監獄裡獲得的分數……完全沒有減壓的出口。

　　「根本是逼我造反嘛！」泡泡曾在補習班門口貼的升學榮譽榜前，

對著那些學長姐的名字不屑地吐煙，為了準備暑假前的大考熬了一夜就抽掉兩包煙，她曾說慶幸為壓力找到這樣的出口，但又表示情況再不改善，她不知道自己接下來還會再做些什麼事情來讓自己減壓。

這就是家惠為什麼覺得這個世代屬於她們的原因，那些做家長的既權威又低聲下氣地要求孩子順從他們的做法，讓孩子有了談條件的籌碼，子女勉為其難但又能因此得到想要的東西做為補償，表面上被長輩坑了，但事實上掌握「做」還「不做」的仍是他們，只要完成階段性的任務，比如期末考拿高分，就可以像這樣，在暑假痛痛快快的玩，未來的事繼續交給父母去煩惱，包括畢業後該讀什麼學校、出社會找什麼工作、結婚的對象、住的、吃的……反正父母愛管，從小又反抗不了（或不懂什麼是反抗），就乾脆通通交管省得起衝突……這就是人生吧。

小佳點的牛肉麵已經上桌一陣子了，她用剛做好水晶指甲的手小心拿起筷子在碗裡挑挑撿撿，拼命把浮在湯表面的油花撇到一旁，脂肪分佈過均的牛肉也夾出碗，麵吃了兩口便決定不再吃，然後指著螢幕上出現的日本流行歌曲大叫：「這是我的歌！」

這個由中、日、韓三國甄選出來的美少女團體紅遍全球，她們唱的歌自然也是女學生喜愛點播的。

小佳對著螢幕又唱又跳。她是她們四人當中最不在乎他人眼光，也是最會帶動氣氛的人，她不受學校課業壓力的影響，也不受家庭教育的管束。

猶記曾經在捷運的車廂裡，小佳為了要有位置坐，竟當場裝貧血，坐在椅子上的三名陌生人紛紛起身讓出座位，而假意扶她躺下的泡泡和Ann沒多久就和她開始喧嘩起來，最後小佳索性坐起身，讓她們倚到身旁，情緒高漲如入無人之境，這教讓座的人在分不清真假之餘，觀感也很差。

家惠雖然沒有加入她們胡鬧，但也冷眼旁觀。

　　在小佳的認知裡，這不過是生活中小小的消遣，否則死讀書的枯燥生活該用什麼來平衡？她的日子過得隨心所欲，零用錢也不太缺，只是短少陪伴的感覺，所以喜歡呼朋引伴出遊，到處結交新朋友，國中早嚐過禁果的她已不能沒有護花使者的日子，因為唯有被當做公主般呵護，她才覺得自己有價值、被珍視。

　　但不太妙的是，只要對她好的，她都會抱以「感謝」之情答應並和對方交往，然而一旦對方開始對她不夠體貼時，她便會再去找其他對她體貼的人，於是常常開心，也常常傷心，常常充滿期待，也常常大失所望。她似乎已經相信這就是愛情，這種「習慣理論」讓她看起來像經驗老手，但她對自己真正想要的是什麼事實上一無所知。

　　雖然同樣是對異性感興趣的年紀，家惠卻自認最清楚要的是什麼，她不會因為想追求她的人對她好就心動，也不會看見班上的男同學在下課時間認真又帥氣地切磋舞技而在心裡產生任何悸動。「帥有什麼用？不過都是窮學生，」她這麼想。

　　甚至有些校外的男學生想透過小佳認識家惠。「那些男生說一起去東北角玩吧！」小佳說。

　　「去海邊？我可一點興趣也沒有，或許有人認為去那裡很浪漫，但是我只要想到『水火無情』四個字就沒 fu。」話說得斬釘截鐵，沒有說服力的理由便可讓邀約的人清楚知道這是擺高姿態的拒絕；雖然家惠可以再給同齡男生多些機會，但經驗告訴她答應之後只會浪費她的時間，縱使加減可以收些男生的愛慕禮也不錯，但那些與她心中的希望值差距太大，足以用「慘不忍睹」來形容：沒啥用處的手機殼、戴沒多久就會氧化的項鍊、甚至廉價地攤處處可見的墜飾和布偶……品質之差幼稚至極，她知道這些小小的禮物已經不能滿足她，她寧可不要。

　　「通常帥的不有錢，有錢的又不夠體貼，」這是她下的註解。家惠想起以前和小佳與動漫博覽會上認識的男生聯誼的慘痛經驗──一群有消費實力卻不解風情的男生在約好的餐廳裡竟緊張得只會玩手機裡的射擊遊戲，把幾個初次見面的女生晾在一旁，吃完東西結帳還被要求各付各的。

她總結所有的經驗：要談感情，就不能有絲毫勉強和妥協，除了外表可以放寬標準外，對方得在滿足她娛樂花費的同時，還要能做到不加干涉金額和用途才行⋯⋯

四個女孩子在包廂裡唱唱跳跳也到該掏錢結帳的尾聲了。目前還沒有男朋友挺身為自己付錢的家惠一臉難為情地對 Ann 說：「啊！我忘了帶錢，妳先借我吧，下次還妳。」

無奈，又一次在朋友面前表現出矮一截的感覺⋯⋯上次是在動漫開拓季的會場，Ann 穿著花了四萬元訂製的遊戲角色服裝，在人群裡搶盡風頭，那精緻華貴的頭飾和身佩的琉璃珠串美得令她難忘，就連泡泡和小佳也花了近兩萬元打造了像樣的角色服，只有她什麼都沒準備，嘴裡說是因為沒興致，其實心裡妒嫉得要死！如果有有錢的男朋友可以從旁贊助就好了，也不至於連彩色隱形眼鏡都買不起⋯⋯如果唱完歌後有男友來接，順便要他付錢，也就不必向 Ann 借了。

結完帳，四個女生從 KTV 出來，開始閒晃，鬧區多的是學生面孔的打工仔，路邊發傳單的、餐廳侍者、甚至新店正在裝潢的施工人員都有⋯⋯家惠不太願意正眼看他們，部份原因是，她知道自己不可能像他們那樣努力，大太陽下冒著被曬黑的風險，傳單或試用品一包一包的發，或者在忙碌的餐廳裡端菜、應付一桌又一桌客人⋯⋯這種賺錢的金額實在太小也太慢，就憑自己追求者眾的理由，並不需要做這種吃力不討好的工作——太過於按部就班，雖然她隱隱為自己的好逸惡勞感到不該，但在這麼想的同時又不禁為自己的偏頗找台階下，「至少我不會想去做出賣肉體的事。」她知道自己的外在在任何時候都有優勢，但她也知道不能過於輕漫對待……看著手機剛自拍的照片，和 Ann、小佳、泡泡比起來，自己怎麼也是最多人追的那一種，可怎麼始終交不到男朋友？就算只是要一個伴那樣簡單，卻仍下不了決心，難道是自己眼光太高嗎？

「我應該是讓人捧著，等著被討好的那一種女生，」家惠心裡一直那麼認為。

小佳的男朋友又打電話來了，這是唱完歌之後打來的第三通。

「你白痴喔？打他要害就好啦……血會流太多？有什麼關係！如果你不趁今天（有活動）殺了他，你就再也沒機會（升級）了……」小佳嗲聲嗲氣地說著那些血腥的字眼，一邊朝騎樓外頭走去，倒是路過的阿婆不知所以然地愣了一下，以為電話的另一頭正發生什麼可怕的暴力事件。

小佳掛上電話後，對天空白了個眼抱怨起來：「真受不了，我快被我男朋友氣死！最近和他一起吃飯和看電影都是我出錢，他說因為他媽媽不給他零用花……現在就連打『怪』（線上遊戲）都要靠我，真是沒用！」

小佳話越說越激動，泡泡卻落井下石起來：「早跟妳說過不要和他交往，妳就不聽。」

家惠則心裡幸災樂禍。所以說呀，這就是虧我手機像是「老人機」的報應！粉擦那麼厚，眼線畫那麼粗，衣服穿那麼露，吸引到的也只有和她一樣金玉其外敗絮其中的男生，實在是夠蠢！

Ann 一邊將人工淚液滴進瞳孔放大片，然後哈哈大笑起來：「妳記得我跟妳說過，妳如果不聽我們的話一定要和那廢材交往，到時候後悔的話，就要承認妳是『不挑女』嗎？」

小佳不承認，和 Ann 還有泡泡吵起來。

家惠懶得和她們大呼小叫，走進旁邊一間美妝店，經過擺滿唇膏、粉餅的貨架之後，在陳列髮飾的展示架前停下腳步，她拿起一根黏著碎鑽的蝴蝶結髮夾在頭上比劃著，一名有著濃濃北方腔的大陸客對著與他同行的人呼喊而來，店內的化妝品、乳液和面膜瞬間一掃而空。

家惠看著這群消費力奇強的觀光客，不禁想起歷史課本敘述中國大陸數十年前的遭遇應該是被誇大了，聳動的戕害也被刻意添加了，否則為什麼不僅是課本，就連現今世界一再重覆著戰爭模式，卻又要求仇恨必須淡忘？就像玩線上遊戲，把該「殺」的敵人「殺」光後，不需抱有任何的罪惡感，因為那些曾經發生的、或是發生在網路另一個次元裡的一切，都與「我」這個本體一點影響也沒有，自然，也不需要浪費任何珍貴的感情去勞心傷神。

即使覺得促使這個世界進步的前人值得感謝，但又感覺不太值得尊敬，因為他們一方面也在製造亂象，而亂象到現在還沒有停止。

看來家惠似乎還未意識到自己再過不久就要成為下一代質疑「該不該尊敬」的對象了，她仍用自己明知不太適當的方式在「反擊」這個社會——「是社會逼得我要想盡辦法站在高處，投機取巧不是我的本意，我也是受害者，由不得我！」

家惠心裡翻攪著這些想否定卻又必須承認的事情，移步到店門口，看著陸客離去後心滿意足的背影，讓天際線上血紅般的彩霞射出金光，鍍在這些地面上看似小小的人有的小小快樂上。

她默默遠眺著，夕照在大樓間不斷抝折和疊擋，只有一塊硬碟大小的光自一萬五千萬公里的高空不受阻礙地印在她胸口……

二、

　　物體色彩的鮮艷度取決於光線的強弱。

　　天色暗了下來，肉眼底下的萬物都披上相近的色階，唯獨在光線充足的地方才能看見純粹的顏色。

　　家惠住的地方在市郊，樓房依照環山隆起的地勢而建，居多矮小，又以舊式透天厝的歷史最為悠久，曲折的小巷如順石的河道蜿蜒其間，只有一條新拓大街將成片舊式的水泥屋像是從額頭正中央往後腦勺剃出一條又光又寬的大道那樣霸氣。

　　她下了公車——在那條新拓的馬路上。

　　黃昏時分便已下班的農會、打佯的早市、停車場，原本釋放人造光的店舖場所都早早熄燈了，這裡沒有五光十色的廣告看板，只有區公所佈告欄裡光線不足的舊式燈管還照著那些在太陽底下曬得褪色的海報，而不遠處的路燈釋放出柔柔的橘黃色燈光則像是傍晚被吸納進來的彩霞，重新從燈泡裡流洩出來。

　　家惠腦中回顧著白天在大街上看見那些讓人想擁有的東西：帶點夢幻的雪紡洋裝、某個潮牌限量星座小物、甜心小惡魔風的短靴、香水、太陽眼鏡、還有會感光的耳環、包著水膜的背包、鑲有水晶的烤麵包機……Ann今天氣質公主風的造型、小佳和男友不悅的對話、泡泡依舊在她們面前展現出她父母永遠也看不見放鬆中帶點脫序的調調……

　　那些絢爛即將要消逝了，回到家後，便是一個凍結的世界，彷彿時間不存在的地方——讓人不想久留的地方。

一輛摩托車自家惠身旁經過，在前方不遠的四層公寓前停下。

公寓一樓門口有顆省電小燈泡亮著，將機車騎士身影打亮。

家惠的注意力被拉到那兒，機車騎士將安全帽取下，如她所預測，那個人是阿龐，一個眼睛細長、顴骨微凸、和他同校的高個子男生。

一個月前，他們仍維持還不錯的友誼，更確切地說，這所謂「不錯的友誼」是阿龐所認定的狀態。

阿龐一直認為他們挺有緣的。小學同校，闊別國中之後又唸同一所高中，當初新生訓練穿著還未繡學號的新制服到學校報到的第一天，阿龐就認出了家惠，他看得出來家惠也認得他。

「嗨，記得我嗎？」阿龐舉起手向迎面而來的家惠問好。

家惠露出略微驚訝的表情，讓阿龐覺得她好可愛，暫別三年有了，這個在小學起就注意的女孩子和自己一樣長大了，而且變的更美、更脫俗……稍稍吃驚的臉泛起嫩嫩的粉桃色，唇廓分明，還有一種欲語還休的感覺，以他有限的詞彙形容，就像是蛋糕上的草莓一樣甜美、可口。

但現在，這個在學校追求者眾的人氣女孩卻在外貌和家世都不突出的阿龐心中，庸俗到無法直視的地步！

雖然在學校他們一次正式的交談也沒有，但阿龐卻一直默默在注意她，即使家惠偶爾發現阿龐投射過來的目光也會假裝忽略，或者悄悄挪動自己身體的角度用朋友或向她搭話男生的身體遮住阿龐。阿龐卻一直沒想過這些看似巧合的遮蔽是家惠多麼希望與他沒有任何瓜葛的暗示，但他對她的愛意只有卻越來越濃，最後終於在弄到兩張冰宮的優待券後鼓起勇氣約她出來。

那天在家惠家門口。一樓店舖的鐵捲門已拉下，路燈旁是漫天展翅的白蟻，它們不斷在空中繞圈、擇偶。家惠還穿著制服、揹著書包，板著臉面對站在紅磚道上，向來以熱情笑容面對她的阿龐。

「我不會溜。」家惠說。

「很容易學的，我教妳！」

阿龐捏在手裡的門票因為汗水而溼度上升，票上的細菌也快速滋長。

在家惠記憶中，小學時期的阿龐就是個細菌的巨大聚合體，走到哪裡都是同學嘲笑和輕看的對象，功課敬陪末坐不說，也是班上衣服穿得最髒、最舊的人，指甲縫最黑，球鞋最破，拜他不常洗澡所賜，身體還時常散發出濃郁到像汗水勾芡過的味道，班上營養午餐剩下來的飯菜和水果也是他拿回家的最多（雖然家惠曾經也想拿，但礙於面子她還是決定放棄），所以家惠對他印象深刻不是沒有原因，但那絕對不是因為對他有好感所致！

不過，再多令人尷尬的過去也會隨著歲月而慢慢被修正，阿龐捱過了醜小鴨時期，到了懂得打理自己的年紀；自喉結突出變聲開始他便四處打工賺錢，即使現在身上穿的是黃昏市場一件五十元的Ｔ恤，也看得出來他甘之如飴、努力改變現狀的痕跡……

家惠這時突然想起，小時候班上同學再怎麼瞧不起阿龐，可他脾氣一次也沒發過，這點她至今仍然想不透，家境那麼差有什麼好快樂的？現在仍四處打工賺錢就是他小時候所想要的成就嗎？反倒是班上一些向父母要不到禮物和零食的同學整天愁眉苦臉，一副天要塌下來的樣子。「雖然很不應該，但是他們起碼知道什麼樣的追求才是有『前途』的，眼光必須高一些，自我滿足是阻礙『進步』的絆腳石，在狹隘的框框裡窮轉是永遠也到不了另一個『層次』。」所以不管阿龐的個性是正向還是負面，積極還是消極，清寒的家境已成為他難以靠近家惠的原罪，即使他沒有被那些瞧不起他的人擊倒，堅強的生命力仍沒有為他在家惠的印象值裡加到分，就算現在有摩托車，那也是為了工作而買，阿龐的家境家惠知道得清清楚楚，他再怎麼努力，經濟情況「最好」也只能到那樣了，一個燒烤舖學徒的工作能讓他賺到什麼程度的財富？這就是她認為阿龐這種人所做的狹隘事，雖說談感情又不是在找結婚對象，如果有免費的玩樂可以享受，為什麼要推辭？如同之前某個長相斯文的男生約她週末去看電影但是被她拒絕，理由是對方看起來太過謹慎，不像是以後會慷慨花錢在女友身上的人，感情也是可貴的，如果真的愛上對方，卻因為對方吝嗇，或給不起，那不是很掃興嗎？所以家惠不想把時間浪費在用錢不慷慨的人身上，那會因小失大！

「請你以後不要再和我說話……同時也不要讓任何人知道我家的情況。」

阿龐不解，撇開好像被拒絕的話，他更好奇她後面說的。「妳家的情況？妳家怎麼了？」

家惠輕輕撥動她那頭如絲般發亮的黑髮，美麗的杏核眼卻露出極其森冷的光芒說道：「我家一直都不『怎麼』，只要你裝作不認識我，就不會有人知道了。」

阿龐越聽越糊塗，待他再三問清楚其中的意思之後才大感驚訝。

「妳家境不好有什麼好丟臉的？」阿龐的聲音摻雜著無法理解的慍怒。「我不認為妳家的環境有什麼問題，祖父母帶大的又怎樣？難道只有豪宅才能住人？我們家六口人住不到二十坪的房子從來沒有怨言，因為我們全家都很努力的工作，都是為了讓這個家更好。」

干你屁事？你懂什麼？家惠心中暗罵。

阿龐有什麼資格當她的解惑老師？學期末時導師對她學業退步的事訓了一番，她在心裡也飆出了同樣的話，為的是相似的理由——沒錢可以和 Ann 她們到處玩而影響心情，導致學業退步。

雖然不曾有人明白自己心裡真正想的，但家惠仍知道，這樣衡量事物顯然是價值觀偏移了，但她就是沒有辦法接受阿龐克勤克儉的想法，彷彿一旦對生活「認真」起來，就好似沒辦法擺脫一輩子勞碌！

「他們一家人都是笑臉盈盈的，看了更不舒服，明明苦哈哈還要裝作心靈非常富足，根本就是自欺欺人，沒錢怎麼可能會快樂得起來！我才不要和他們同階，以我的外貌，絕對可以站在更高的地方！」她將自己放在和現實狀況有所差別的地方，除了接受讚美產生的自信之外，她還觀察到那些不在乎賺錢辛苦的孩子身上有她所欠缺的氣息——部份的任性、被疼愛的驕縱、被追著懇求吃好的、穿好的，否則他們父母會心疼、自責和沒面子……起初她會試著學她們挑剔營養午餐難吃或者學校的電腦設備不夠新，但過一陣子之後，她發現受寵愛的孩子更比不過擁有一張漂亮的臉蛋在異性或長輩的眼中來得更有潛力，於是她開始自豪擁有一張能混淆別人的氣質臉孔，在別人眼中，她看起來像是那種學過芭蕾或鋼琴的小公主，過的是被人羨慕三餐溫飽之外有盈餘才能享受的生活；記得小時候曾經在一棟別墅前等著同學拿課本來還她，卻被路過的一對情侶誤認是住在裡面的千金，那溢美之詞就像棵種子在她小小的心靈裡生根發芽，她覺得自己比千金更千金，但也同時感嘆：為什麼生得精緻到「以假亂真」的地步卻過著極其「粗糙」的生活？。於是家惠開始「混」在那些抱怨零用錢不夠而事實上每週都是千元起跳的同學之間，隨那些動不動就想反骨的同學去做心裡隱隱有罪惡感的事——將和著咖哩醬的胡蘿蔔留在美食街的餐盤上而不需要覺得浪費；原本決定去圖書館準備考試也要刻意變卦到風景區的吊橋下，在天鵝船裡用力踩著踏板，將如金的時間用力踏掉；花時間消費衣鞋，花時間整理它們並花時間知道它們是否退流行，然後花時間丟掉……

家惠跟著那些同學做那麼多「痛快」的事時，常常會有一種和她們在同等物質環境裡長大的錯覺，並相信，只要持續保持這種「大方」的態度，將來也比較容易嫁給家境優渥的人，但在此之前，她還是得做好掩飾，小里小氣的感覺要小心別洩露，否則會被瞧不起，就像她瞧不起阿龐一樣。她要交往的對象一定要能開拓她的視野，將來只在有紅酒、美景和小提琴助興的高級餐廳裡吃飯、生活用品也必須是百貨公司裡挑的，但如果和阿龐這種人交往，約會的地點一定會像在公園那種淒蒼的地方，像呆子一樣頂著大太陽坐在發燙的休憩椅上聽樹蔭下的老人唱卡拉OK，冬天則只能躲在溜滑梯的罩頂裡避著寒風一邊喝保溫壺裡的薑茶取暖兼談情說愛，說好聽是製造浪漫，但在她眼中卻是窮酸人才會幹的可憐事！

阿龐後來才真明白，在學校和家惠打招呼向來未得到回應並不是因為她害羞，而是……想到這裡他突然有一種被羞辱的感覺，家惠與Ann那群吃米不知米價的同學看著他竊竊私語的可能是什麼話了。他的心一陣冰涼，恍然大悟伴隨著無以明狀的失望和忿怒，他錯看了她，原來她的心並沒有和她外表一樣清新可人，她腦子裡想的盡是一堆否定自己、否定他認為世上最可貴的家人力量，這怎麼能發生，怎麼能被允許！

埋在心理的話終於毫不掩飾地吐出來後，家惠如釋重負，現在就算讓阿龐發現她原來那麼清楚他家底細也不重要了，反正那不是出於愛的關注，只是想急欲擺脫和他一樣所做的觀察；這比起小學二年級班上同學過生日在發完糖果和餅乾之後，有人將漂亮的糖果紙丟在地上讓家惠看了都會有心疼的感覺，比起來這實在不算什麼，因為在其他人眼中的廢棄物會令她有想珍惜的衝動，對現在長大的她來說，那才是最不堪承認的感受！

而阿龐現在為自己愛上這種「毫不為自己勢利感到羞愧的人」感到加倍的羞愧，看著「美麗又高貴」的家惠打開又髒又舊的鐵捲門，弓著欠身而入……她已經不再閃閃動人，反而看起來穢黯可憎，他打心底瞧不起她，並且決定死心！她已經沒有任何吸引得了他的理由值得他去努力爭取，原來她的完美都是來自自己的想像， 所以今天被拒絕的人不是自己，而是她，是他拒絕了她！

這已經是最大的讓步了。

家惠心底的憤怒含著一絲委曲。

為什麼阿龐總要在她不用面對真相的時候出現？家門都還沒有跨進去吶，還不到要進入「真實層面」的時刻就已經先看到他，即使有時阿龐並沒有注意到她，卻仍然會因為他的出現而在在提醒自己和他的「等級」是一樣的———一樣是需要付出很多努力才能過高級生活，一再提醒要和他一樣必須保持樂觀和積極的生活才能有健全的人生，日子才會安穩……但阿龐越是「幫助」自己想到這些，就越心煩見到他，家惠認為自己沒有逃家已經是夠安份的了，阿龐究竟要她做到什麼樣的程度才肯「放過」她？

家惠的腳步放慢了，就像怕被貓發現的老鼠輕腳走著，她的眼睛盯著阿龐以保持警戒，萬一四目相對好擺出無懼的態度，要讓對方知道人各有「志」，自己是合情合理地生活著，犯不著為他一席話從此感到羞愧。

她在心裡想著各種追求高物質生活是正當的理由為自己壯膽，但內心深處又怕被認為俗不可耐。

阿龐將安全帽放進機車置物箱，掃了家惠一眼，板著臉進屋。

原來他從剛才就知道在身後徒步而行的人是家惠，但是再次照面卻看不出有任何尷尬和難受，沒有愛不到的惱羞，更沒有絲毫的眷戀，只有冷漠和驕傲。

「拒絕的人是我，為什麼擺起這樣態度的反而是他？」家惠不悅起來。「他憑什麼擺高姿態？他以為他將來真能成為富豪嗎？做白日夢的恐怕是他吧，好高騖遠！」

家惠氣沖沖地疾步而去，路燈下爬滿九重葛的磚牆露出嘲笑似的穿插「齒列」，橘紅橘紅的，頹圮的折角有剝落的水泥，像是吐了一地的甘蔗渣；不知重新漆了多少次警示條紋的電線桿、舊得不知原色的變電箱、充滿污漬的紅磚道……這麼多年了，她還在走這條路，但她相信自己有能力離開這裡，阿龐絕對會為他自己「短淺」的眼光後悔，她要做給他看，讓他知道什麼叫做真正的「成功」！

回到家門口，鐵捲門的角落擺放著奶奶習慣準備的一碟小丘般的粗鹽，反射著冷冷的青光，她翻找包包裡的鑰匙，看到隔壁撐不去倒閉的書局門口又整理出幾綑過時的舊書等著讓拾荒者撿去賣……這條街上已經沒幾家在營業的商店了，有能力的都搬到更熱鬧的地方去做生意，現在留下的都是些只能做做熟客糊口飯吃的小店硬撐，或靠著長大養家的兒女把店舖改做自宅使用，清閒地住著。

街上已空無一人，家惠把手裡晃噹噹的鑰匙拿穩，插入鎖眼，發出的清脆聲響似乎比起呼嘯而過的車輛還要來得招搖，彷彿全世界的人都在等著看她，看她走進這裡，生活。

鐵捲門一拉開，昏黃的燈光橫洩，在充滿油垢的騎樓地板上流淌，家惠像是披了件黑色斗篷帶著甩去的黑影欠身進去。

店裡面的小燈泡是留給晚歸的家惠所保留，放在入口處的蒸籠靜靜休息著，炸了一早上油條的油槽已經抽乾油，但是厚重的油煙味卻好像揮散不去地瀰漫在空氣中……家惠熟練地避開這些一早就得推到騎樓下的器具，左轉右閃地往二樓樓而去。

樓梯兩側牆壁因長年潮溼而有著悶悶的朽味，像是皮膚長出白癬，露出灰藍灰藍的粉塊，雖不美觀，但日復一日，家惠也習以為常地接受著，即使今天又多鼓起一個「空泡」——那是只要用手指輕輕一戳，就會像蕈菇孢子爆開隨風飄散的中空乾漆包……她也不會注意到。

「我回來了，」家惠冷冷地說──給自己聽。

奶奶正為舊衣縫上脫落的釦子，她聽見家惠的聲音便停下動作，抬起頭對她微笑。「卡緊甲飯囉。」

家惠只應了聲「晚點吃」便轉身往三樓的階梯走，從卵囊裡剛孵出來芝麻般大小的蟑螂，正巧像是聽令似地從踢腳板凹縫，順著樓梯熱熱鬧鬧地跟在她後頭走上去。

原本在二樓客廳背對著家惠看電視的爺爺伸出拿湯的手又縮回來，不必轉頭，就知道家惠一回家就是往自己的房裡鑽，除非他開口說話，否則孫女可以把他當一整天的透明人，無色無感。

爺爺一直都明白，但他並不怪她，他認為這已經是和孫女最好的互動方式了，他和家惠未曾有過激烈的爭吵，也未有難以修補的裂痕，只是他能給的愛已經不符合她的年齡，家惠早已不是照單全收的年紀了，她開始認為爺爺的思想守舊，體力也跟不上她，身上還會散發出一股厚沉沉洗也洗不掉，說不出來像什麼似的濃漿味道──那是在家惠升上國中私下向奶奶抱怨卻不敢直言的事，所以他還是避著她好，何況雙腿不良於行久坐家中，不嫌棄自己是個累贅已經是萬幸了，怎還要妄想祖孫倆能促膝長談，與自己分享在校生活的點點滴滴呢？

電視裡傳來陣陣笑聲，綜藝節目的來賓是兩岸通婚下產生的夫妻，正在暢談婚後因成長背景不同而發生的有趣事情。

家惠的奶奶瞧瞧電視，看起來像在想些什麼，事實上卻又什麼也沒想的樣子，她只是把針線和衣服擱在一旁的藤椅上，走到餐桌前，看著桌上的菜不發一語。

兩菜一湯，炒高麗菜、豆瓣肉絲、白菜豆腐湯，是家惠可以吃飽喝足的量，只是放在偌大的餐桌上顯得不夠豐盛，在不夠明亮、被歲月薰黃的空間裡，再美味的食物都有可能看起來像俘虜營裡的伙食，充滿未知與沉重。

奶奶走到冰箱旁，將插在與微波爐之間的賣屋宣傳單展開，蓋在菜上面擋塵，等家惠餓了來吃。

她再看看酒櫃上電子鐘的時間……那美其名的酒櫃，卻一瓶酒也沒有，兩側直立的小格玻璃門內只有零星的幾本舊書，中央最上層放置棄之可惜的舊東西，中間層是家惠父親的黑白遺照，下層便是奶奶出門採買用的環保袋、零錢盒、萬金油、鑰匙、水電繳費單、每個月到醫院拿回來的藥……整個酒櫃就這樣被隨時方便取用的雜物一點一滴給佔滿。

明明針線活兒還沒有做完，奶奶卻突然變得不知該做什麼好似地，她排排餐椅，洗洗抹布，才搖搖晃晃地掀開廚房的門簾，走進小房間稍事休息。

電子鐘持續閃動數字，附加在上面的塑膠框月曆連屋子裡的人都忘了是因為年久不堪使用而未更換，還是因為使用率不高而不去更動，任其它死守在記不起的日子，而電子鐘也在換上新電池之後，持續且默默自動更新上面的數字，又過了幾年。

電視裡另一個談話性節目開始，來賓們在這集分享的是瘋狂採購經驗：多是上班族工作一年薪水總額才買得起的六折名牌包，「便宜又划算」，讓現場陷入瘋狂，已婚的女性來賓不甘示弱地表示自己丈夫是如何砸大錢讓她們在百貨的 VIP 室裡像逛地攤一樣橫掃萬元起跳的服飾與配件，彷彿嫁給金磚就能擁有一輩子的幸福！她們說得口沫橫飛，在場欣羨的尖叫聲亦此起彼落，彼此炫耀自豪的「戰利品」，再互相挑剔、瑜瑜，現場猶如群魔亂武舞，優雅和氣質蕩然無存。

爺爺猶如迷失在時光燧道裡，他的肉體像是不慎誤闖到這個奢華的物質世界，無法理解這個世界運作的方式，徒有空殼接收卻讀不出訊息的密碼般，一切顯得那麼不真實；因為那的遙遠時空綁架了他的靈魂，遲遲沒有辦法過來和他的肉體會合、解救他……

　　昨夜，他又回到壕溝裡丟手榴彈了。

　　壕溝內幾乎沒有光線，就算閉著眼睛也能拿起身邊的手榴彈，在一個咳嗽的瞬間將插硝拔除並丟出去。或許是熟練的關係，他早已經沒有任何緊張的感覺，體力一點都不是他擔心的事，他只要不停地拔插銷、扔出（手榴彈），再拔、再扔……一直重覆相同的動作，他甚至忘了自己為什麼要這麼做，只要再拔、再扔、再拔、再扔……至於何時才能停下來，扔完為止嗎？「後援」似乎像變魔術般，永無止境地將手榴彈補上，拔掉扔出的動作似乎可以做一輩子那麼長，他很想停下來，更想逃出這種受控制的感覺，但是沒有辦法，身體像注入癮頭，毫無思考性地拿起手榴彈，拔掉插銷、再扔出去……但有別於以往相同重覆的情節，最近在這樣的夢境結束前，他最後丟出去的手榴彈都會變成一顆閃耀的照明彈，他的動作停下來，怔怔地望著天空……但在等人來救他之前，夢就醒了。

　　爺爺回過神，將電視遙控器切換到播映「金門專題」節目的頻道：隨著海峽兩岸越趨熱絡，在台、澎、金、馬的反共標語漸漸被抹去、替換，但是大陸觀光客來這裡想看的卻是這種有歷史意義的標牌，當年權威、獨霸且不容質疑的口號，如今已經成為令人懷舊、做為幽默話題的「本」，他們帶著和陽光一樣燦爛的笑容在「防諜」、「共匪」的標語前攝影留念，將當年島上「搜集」共產黨投下四十八萬發砲彈製成揚名內外的鋼(菜)刀再一批一批地買回內地，創造共存共榮的關係。

　　一場鬧劇。

這是幹什麼哪？當年打成一團，如今不分彼此的交好，豈不是血白流、人白死了麼？為了不讓當年的戰士白白犧牲，對立的兩造應該繼續分裂，才不會把一齣可歌可泣、一言九鼎的英雄鉅片演成孩子打打鬧鬧搞絕交又和好的「疑問」劇才是，皆大歡喜的結局不是不能演，但別開這種「頭」呀，把捨身投入情感的人都當成傻子了嗎？

爺爺這又是在幹什麼？這麼多年過去了，從來沒有人問過他想演什麼片、什麼角色，他只能隨一個三流的編劇開一個偉大而富有理想的「場」，即使不願意投入情感也要按著荒唐的情節演出這部戰爭片，直至主導劇情走向的人夾著尾巴消失後，他還無法將自己的感覺抽離，反倒成為一個不專業的「演員」，他的人生就在地球這個巨大的實驗場上消耗掉了，最終無法保有自己獨特的個性，也失去從一而終的安性，只是悠悠地閃動，被一股於舞台上爆發的未知能量所吞沒，然後悄悄地退場、換場……

真太胡鬧了！爺爺把最後一口湯喝乾，「昨天」放學才蹲在家門前吃餅子吶，今天就在這個地方應付纏著要吃炸薯條的孫女……眼盯著電視，爺爺心中忍不住感嘆。家惠小時候吃的、用的，爺爺和奶奶有能力辦到的一定不會吝嗇給予，待家惠擺脫喜歡吃炸薯條的年紀，進入懂得金錢重要性的年齡時便吵著要休學賺錢，是奶奶好說歹說把她勸退——至少完成基本學歷再考慮工作，但就在她們協定的日子結束前一年，家惠竟又開始埋頭玩樂，她重新選擇一條輕鬆過日子的路，奶奶自然是沒話說，畢竟奶奶並不希望家惠年紀輕輕就要為金錢煩惱，為了讓孫女無後顧之憂，她把早餐店營業的時間拉長，多做一些，收入也才能再多一些——讓孫女再快樂一些。

爺爺看在眼裡卻不點破，他知道心愛的孫女要褪去孤傲是需要時間的，雖然他並不清楚她的焦躁來自何處，但是他能夠等待。

這一切家惠隱隱感受，卻並不清楚真正的原因，因為爺爺並沒有對這些事情表示過任何意見，所以若真要發脾氣，爺爺認為那對象應該是自己才對，在二樓的空間裡一坐就是五年，除了仰賴自己的老婆照顧，對這個家，他還能貢獻什麼？他只能在能力容許的範圍裡重覆相同的事情；從一早起床被攙到椅子上坐著，等奶奶把他吐在臉盆裡的漱口水倒掉、再等著早餐端到自己面前……「強迫」別人為自己做那些重覆又枯燥的事情，比起過去像殺人機器般重覆做著毀滅世界一切美好的行為，有著幾乎可以比擬的罪惡感。

而家惠不是沒感覺，她同樣為「重覆」這種事情感到心焦，她計算過，先不論會不會上大學，在這之前每天必須按時到校、上課、回家、吃飯、睡覺……一成不變的日子起碼要過十三年，「重覆」雖然可以讓她拿到文憑，在找對象的時候比較能夠找到條件高一點的，但是也會因此讓她大大延後可以賺錢的時間；她曾經瞞著二老在假日發傳單，但幾次下來，她發現要賺足糊口的錢還是得謀份正職，但是礙於學生身份，怎麼也找不到合意的工作。

她覺得必須再另外想辦法，因為她看不慣奶奶清晨的時候怕吵醒睡夢中的她，拖著行動不便的腿躡手躡腳走到一樓，將靜置一夜的黃豆碾成漿、醒好的麵團桿成皮、拿出冰箱裡的絞肉放進大鍋裡，坐在板凳上使勁地將香料混合，再放入麵皮裹住、排進蒸籠，回頭熬煮生豆漿，倒油、做燒餅、炸油條……這些事情她原本會幫忙的，但後來她發現這種忙只會多拖垮一個人而已，她必須靠自己的「先天優勢」來改變一切，所以奶奶拒絕她幫忙反倒成了支持她另謀「出路」的原因。

她坐在書桌前。

心很沉，沉得整個人像沉入一片死寂的海底，靜靜地猶如死去。

她的肚子其實已經很餓，但仍在忍著，學校的同學常常說羨慕她瘦瘦的身材，但她心裡曉得那是因為吃不飽的關係。

　　從小，她就不大敢喊餓，因為她知道包子饅頭是要賣給客人的，儘管有時還是得用賣剩的早餐當晚餐裹腹，她還是寧願選擇餓肚子也不想吃到吐，所以今晚的兩菜一湯她是一定會去吃的，但不是現在，也許再忍耐一個小時吧，等奶奶把爺爺扶進房間休息之後，她就可以去吃了。

　　不爭氣的手機在一旁閃著微弱的警示燈，沒錢修了呀，丟死人，要上網還得回家用電腦，到底誰能送我一台新的？家惠上火地想著，她在網站上開始四處流覽，心煩氣燥地任意點選著……世界上的大小事，因為網路的「版面無限」而氾濫，新聞可以寫得比小說還鉅細靡遺，比黃色刊物還來得身歷其境，數十年前的禁書不就是禁止流通嘛，可真實世界發生的情節比起邪惡的想像還來得具有衝擊，以人民有知的權力到處流傳，教化著什麼都要「多」的人類，真的假的、穿鑿附會捕風捉影的洋洋灑灑一大堆、在在反應無戰爭國人民百無聊賴的心情；某顆外太空隕石將成為下一個結束地球生命的關鍵，所以人們開始擔心自己的生命即將結束；英國麥田出現了更多繁複的麥田圈圖案，是否為某種高智慧生命傳達給人類的警訊？接二連三在世界各地目擊的不明飛行物又在透露些什麼（科學家猜測是外星人來地球觀察人類到底在搞些什麼）？或是來屠殺人類（消滅不良物種）？……而那些遊走在國際之間進行破壞行動的恐怖份子、國與國之間戰爭一觸即發的危急，與正在戰爭而水深火熱的國家……一場場人性爆發的衝突隨時可能摧毀現有一切的和平，在新聞報導重視的程度，那些看不見的假想敵的篇幅有時還比看得見的敵人來得多。

　　然而，新聞報導區塊的下方又是一個截然不同的世界：最新人氣影片、網購優惠商品、吃喝玩樂地點介紹，還有數不清的旅遊或線上遊戲廣告……中午出門時已經見識過一輪誘惑人心的消費力量了，現在回到家，坐在電腦前又得繼續接受鼓吹購物崇拜，直到心甘情願把口袋的錢拿出來做一場無怨無悔的交易，那種心癢難耐的感覺才會獲得真正解脫似地。

突然，一則跑車廣告跳出來，一名身價不斐的原住民女歌手穿著一身名牌服飾，手拿超薄的水晶面板手機，意氣風發地駕著跑車穿梭在紙醉金迷的夜都。

家惠想過賺大錢的方法當然也包括進演藝圈，因為演藝圈是個不問年齡和經歷就有機會賺大錢的地方，雖然她不確定母親是否很會唱歌，但至少確定自己並沒有遺傳到這項天賦，而如果是演戲，似乎又沒什麼把握，縱使對自己的外貌很有自信，但想在那圈子出頭的漂亮女生多的是，也不盡信機會會獨留給她，最終說到底，她還是覺得拿到錢的速度仍然慢得讓她沒辦法接受！她喜歡事情有立竿見影的效果，那是骨子裡複刻了她父親一個模子的急性呀。

一旁的手機傳來廣告簡訊，她看完之後仍捨不得刪除，只是若有所思起來。

那是兩個月前，她和另一位同學任值日生，在提著垃圾桶往垃圾場的途中，前面走著一個看起來像出社會那般成熟美麗的學姐。

「她的事妳有聽說嗎？」

家惠搖搖頭。

「聽說她賺錢的手法很高明，同時和四個男生交往，有沒有到『那個地步』我是不曉得啦，但是她帶那四個男生分別去買同一款名牌包，然後在網路上賣掉其中兩個變現，留下的那個包就在約會時揹出去，讓四個男生都以為她很愛自己。」

這個聽起來不光彩的行為讓家惠似乎看見曙光，只是一個不經意的閒聊，她的心裡卻決定將這「聰明的」方法奉為圭臬，只要自己不說出來就不會有人發現，吃喝玩樂的費用藉時就不成問題了。

滑鼠點進自己的社群網頁，她最近正在複製學姐這套方法，想找合適的人選，她一一檢視「留言」，並語意曖昧地回應，其中有一個自稱是單身的竹科新貴，他們說好暑假期間要見面，但是公司臨時有大 case 要趕，所以沒辦法花時間來台北，因此希望家惠能夠搭火車去找他，事後他將補償她吃大餐，當然連同交通費在內都會事後由他來支付。

這不算什麼太誘人的機會，但家惠卻嗅到了希望，她認為這個社會工作者的財力背景足夠滿足她所需要過的物質生活，照片裡的他看起來文質彬彬，雖沒有一見鍾情，但如果見面感覺不錯的話，發展成男女朋友一定更好，就可以不必昧著良心「騙」錢，正正當當用戀人的身份花男友的錢，那才是一石二鳥的好方法呀！

於是和對方敲定見面的時間和地點後，家惠這才如釋重負地關上電腦，到樓下用餐。

三、

　　窗戶好似將藍天割下一塊四方形貼在窗上，充滿透視層次的光線像燈箱裡流動的沙，不斷變幻天空的表情。

　　家惠從床上精神奕奕地起身，走到窗邊將簾子拉開讓更多新鮮的空氣進入房內，享受空靈的早晨在充滿太陽微粒子中漸漸變得溫暖；她抬頭看看高空的飛機雲，就像不斷拉長的滾邊蕾絲帶，淡淡的圓月則像被微風推移到純藍色的屏幕後面沉沉睡去。

　　「還來得及，暑假才過三分之一而已。」家惠看著預視一整天晴朗的天空，伸個長長的懶腰，然後到自己專屬的衛浴間梳洗。

　　雖然堪稱是破舊了，但家惠住的這座連棟式店舖公寓在數十年前可是少見的鋼筋水泥屋，四處不是竹林就是農舍和稻田，水井和豬寮；原本想租屋的爺爺因為外省身份讓房東有所存疑，但為了能在這裡落腳，奶奶和這位在台灣札根三代的福州人再三交涉，希望能夠看在彼此是同鄉，以及家惠的爸爸還年幼的份上可以把一樓租給他們作生意；這番動之以情果真讓就讓屋主決定將房子租給他們了。

　　就這樣，爺爺奶奶白天在店舖賣燒餅油條，夜裡則在靠近後門的廚房走道搭臥床，一家三口就在那又窄又暗的地方渡過數十寒暑，直到住在二、三樓的房東打算移居，念在和爺爺奶奶培養出來的感情，便以低廉的價格讓給爺爺，他們才歡天喜地搬上去，沿用原有的住宅格局；二樓有客廳和袖珍的廚房、衛浴室及堆放雜物的小房間，三樓則是一間衛浴搭配兩間臥室，後陽台是曬、洗衣物的地方，由於四樓與隔壁向來是相通的，屬鄰居所有，所以三樓還徒留一支被天花板堵死的樓梯佔位。

　　然而五年前爺爺從樓梯摔癱脊椎後，奶奶就獨自擔起家中生計，每天下樓開店，午晚回到二樓張羅爺爺吃飯，入夜再到三樓就寢，這種重度勞動的工作隨著奶奶年邁不濟，為求方便，最後奶奶也搬到二樓，堆放雜物的小房間則換到三樓，於是家惠便獨享了三樓所有的空間；為了將空洞的氣氛沖淡，她將反射七彩的珠簾掛在臥室門口，還買了一個自天花板垂下的歐式圓頂蚊帳，搭配薰衣草香味的精油放在床頭櫃營造出夢幻花園的氣息，而浴室馬桶的水箱也沒放過，上頭擺的是養著彩虹魚的小魚缸，牙膏旁有極具設計感的圓點玻璃漱口杯、最新科技纖維做的毛巾、泡泡浴專用浴球、溫泉粉，還有各種不同功能的保養品瓶瓶罐罐蟲滿整間浴室；雖然磁磚舊得不是龜裂就是破損，水龍頭與牆壁接縫處也有不少水礦的滲跡，就算房間木窗上的漆已剝蝕，牆壁的顏色也不再明亮，書桌和抽屜充滿前一個使用者黏上又撕下的貼紙痕跡，家惠仍努力將三樓打造屬於自己的品味，讓自己就像住在一個充滿美感的仙境。

　　她拿起臉部專用拭巾沾乾臉上的水滴，並端詳鏡子裡的自己，確定毛孔沒有變大或長出莫名其妙的怪東西後，給了自己一個滿意的笑容。她返回房間選了一件荷葉邊的長版罩衫、和灰白色的七分褲，還有杏色平底鞋，抹上淡淡的妝，讓自己看起來虛長幾歲，像個即將畢業的大學生。

　　她揹起存了半年的錢才買下來的潮牌皮包，腳步輕快地從三樓下來……時間還早的關係，沒看到爺爺在客廳，應該是坐在床邊吃早餐吧，家惠有時候也會想去和爺爺打招呼，但只要一想到會被問上哪兒去，去做什麼，扯東扯西，好像是抓住機會就要把問題一次問完似的，心裡就想能省則省吧，反正爺爺再怎麼問，即使告訴他「我要私奔」，他也只能眼巴巴看著她離去，什麼也阻止不了，與其讓他擔心多想，倒不如什麼也別說，這對雙方都比較好吧。

「我要出門了。」家惠對正在把豆漿端給客人的奶奶說。

奶奶要家惠等等。她把有些黏膩的雙手在佈滿油垢的圍裙上來回擦了下，走到蒸籠前用塑膠袋裝了一個大饅頭給家惠。

「包子剛賣完還在炊，先拿饅頭帶身上吧，」奶奶堆起笑容說。

家惠突然翻個白眼，但那一閃而過的表情只在眨眼的功夫間，並沒有任何人發現。

家惠就是看不慣奶奶對她好，奶奶越是對自己體貼入微，她越是看不順眼，心裡有話直說不挺好？強勢一點對她說：沒看到店裡在忙嗎？還不留下來幫忙！這樣坦白還讓人心裡來得舒坦，然而奶奶越是把問題輕看，家惠越是產生挑戰奶奶極限的衝動！

「我不餓。」家惠扭頭就走。

奶奶追上前硬是要家惠拿著：「早餐一定要吃，不能餓。」

家惠看著店裡的客人紛紛把目光投射過來，更覺得臉上無光，她心想，都什麼時代了，啃白饅頭當早餐未免太寒滄了吧！但又旋即一想，祖孫倆一大早如果為個大饅頭推來推去的也挺難看，教人笑話，不如盡早把這事了結，省得在這耗時間丟臉。

於是她應個悶聲，把塑膠袋打了結，塞進背包離開。

「饅頭當早餐吃」就到此為止，從今以後我不用再忍受這一切了！家惠心裡想著。

到達火車站後，她刻意遺忘背包裡的饅頭，在不少人因為自己美貌而多看一眼的便利商店裡買了三角飯糰。

候車時，她將長髮撥到同一邊肩膀前面，優雅地咬了一口飯糰。她告訴自己，飯糰裡面至少是有味道的，電視廣告把那滋味化為一段唯美的思念，讓買它的人一口咬下就會充滿悸動……她不知道自己展開了想像中的味道，比起大饅頭，吃飯糰可以看起來比較秀氣之外，似乎更能貼近自己的心……也就是貼近一般人的心。

這是她第一次坐火車，也是第一次獨自離家那麼遠，但卻一點也不遲疑，她認為自己正開創特別的經驗，滿懷信心告訴自己這趟與網友會面一定有好結果；「期待」可能相反的盤枝末節都不在她的考慮範圍，因為她腦子裡已經被「一定會成功」所填滿。

也或許是離家夠遠，冒險的感覺早超越不安，即使這次晤面是金錢勝過交心，要將這兩種感受分開使用需要放棄多少的隨心所欲和任性才能辦到？家惠看著窗外的景色，對自己充滿「理性」的做法既感嘆又自豪……

不知不覺地，火車已達和網友約定的地方，家惠這才從沉浸的想像中抽身，略顯緊張地再次確認月台上標示的站名。
走出站後，她往火車站正對面的速食店而去。

家惠先是在裡面匆匆繞了一圈，沒看到要等的人，這才緩了緩緊張的心情，撥撥頭髮，整整衣角，在對方指定二樓落地窗前的吧台用餐區坐下，拿出隨身鏡整理儀容。

窗外是一幢緊接一幢的高樓，陽光從右斜方一角射入這間速食店。這是個陌生的地方，雖然學校附近也有相同的連鎖店，但在這裡因為陌生，所以感覺還是很不一樣。
店裡用餐的人多起來，和她約好的人過了四十分鐘還沒有現身。
家惠到一樓的櫃檯點了杯柳橙汁，回到二樓坐在高腳椅上繼續等。

她撥打對方留給她的手機號碼，對方卻呈現關機狀態，這雖然讓她挺納悶，但仍耐著心想，「可能開會中吧。」

在網路上，對方也看過她的照片，家惠認為憑自己的外表並不會被放鴿子才對，這也是她深具信心的原因之一。

她啜了口果汁，臨窗的歐式建築以一種優雅的姿態對她頷首似地，也許是無聊的關係，她開始想像自己正坐在巴黎左岸的露天咖啡座裡，品味著香氣四溢的焦糖瑪奇朵，欣賞河裡如織的行船，享受午後浪漫的陽光……但這些奢侈的享受由誰來支付？家惠腦中突然閃過這個問題，於是她的幻想裡就又加入了即將和她會面的網友；他們一起喝完咖啡再去遊河、去凱旋門前拍照，入住楓丹白露的高級飯店，白天聽行宮悠揚的鐘聲，夜裡去巴黎鐵塔俯瞰醉人的夜景……

等兩個小時了，那個男生還是沒來。

這真是嚴重的遲到！這種事又怎麼可能發生在自己身上？她心浮氣燥地站起身開始走動。難道是老天爺看出自己心懷不軌，所以阻撓這樣的事發生嗎？多少條件不錯的男生爭相要和自己交往，只因為他們還沒有經濟獨立而未將他們放在眼裡，如今卻為了幾個錢在這裡委曲求全地傻等一個未曾謀面的人，自己有這麼廉價、犯賤嗎？她開始抱怨對方、抱怨自己……但她突然又告訴自己必須停止這種思考，都大費周章來一趟了，就再忍耐一下吧，等到那男生一出現，正好可以把這當做補償的藉口再狠狠敲他一筆！嗯，對，就這樣決定。她再度拿起鏡子，補了口紅，沉下心來繼續等。

三個小時過去了，已經到了預計搭火車回家的時間，但是家惠不甘心，不曾這樣低聲下氣，還要承受沒有結果的等待，這教她怎麼也沒有辦法接受！就訂在四點鐘吧，下午四點是最後的極限，時間一到對方再不來她絕對扭頭就走，即使和他擦身而過也不動搖！

浪漫的幻想已經無法支持等待的心情，隨著饑餓感襲來，她更焦躁了，柳橙汁和胃酸正合力提醒她，背包裡的大饅頭該是拿出來的時候了⋯⋯但是「這種店禁用外食」。她又為自己找了不能吃饅頭的理由，不向生理反應屈服恐怕才是解釋自己嘔氣唯一的原因。

不過，嘔再大的氣還是挽不回事實的發生，一整天，確定是全部浪費了。

她坐上四點三十分北上的火車。
還好回程的車費有備在身上，否則在速食店一時貪吃，即使多花一包薯條的錢，現在回家肯定都成問題。
火車上，她因為憤怒過頭而產生想吐的感覺，當然更蓋過饑餓的感覺，她的腦子裡轉的只有一個問題：為什麼對方沒有赴約？到底是哪個環節出了問題？難道對方看出自己居心叵測嗎？還是從一開始他就是個「變態」，喜歡在網路上結交漂亮的女生，然後讓女生以為他對她們有意思，然後再不留情面的放鴿子，滿足自己的虛榮心⋯⋯但這兩個可能性似乎都有說不過去的地方，雖然網路上什麼人都有，但家惠說什麼也不相信自己遇到了少數的異類。

火車回到台北後，緊繃的情緒突然放鬆下來。「今天在陌生的、很遠的地方所發生的一切已經遠離我了，那些不解的經驗影響不了我，回到這裡，屬於我熟悉的地方，我仍舊可以重新築夢，沒有人能傷害得了我！」家惠給自己打氣著。

輾轉下了公車，家惠並沒有直接回家，反而朝河堤的方向走，天還很亮，只有幾朵淡淡染金的雲倚在不再刺眼的太陽附近。
她想在回家之前來這個地方整理自己的心情。

堤防上微風陣陣，根紮在柏油縫中的野草奮力抵擋上風的搖晃，幾朵纓絨花的白色冠毛被吹開，隨著氣流被捲向高空。

有目的的和網友見面本來就是在做違背心意的事，可能真的是報應吧，本來打的如意算盤是，既然要做這種不光彩的事，就得離家越遠越好，感覺和「真正的」自己比較沒有瓜葛，才答應由自己動身去找他，但如此慎重而縝密的規劃，怎麼可能還有其他不良的選項跳出來干擾？這不是她要的結果呀！

太陽即將隱沒山後，散發出來的金光彷彿被時間蒸餾，和漸藍微紫的天空合力造出一條薄薄的雲河，沿途著河堤的天際拖邐數里。

該想的都想了，腦子和腿一樣都累了，家惠在堤防坐下來，雙手撐在身子兩側，頭仰著呆望天空，終於，什麼也想不動了。

肩上的背包鼓鼓的，她覺得礙事，正要放到一旁，才想起裡面有饅頭。

大‧饅‧頭！圓圓胖胖的大饅頭！——家惠的肚子哀嚎了一聲，做出最強烈抗議！

索幸把它吃了吧，否則帶回家也不知道怎麼處理，直接丟掉未免可惜……畢竟是奶奶做的。

她將饅頭拿出來，先放到一旁，包包的拉鏈才正要拉上，饅頭卻因為放得太靠近堤防邊，竟然就順著坡滾呀滾地，像是走路不穩的豬仔也好，永不倒地的不倒翁膠囊玩具也罷，總之以一個看起來相當滑稽而駑笨的「姿勢」從家惠的身邊逃脫……美景、美女，再加上往坡下滾的大圓饅頭，這種反差實在很像只出現在搞笑電影裡的畫面。

饅頭停在草叢間，被撿了起來。

家惠大吃一驚，這才發覺堤防下面竟然有人！她手足無措，這個饅頭……可是她的致命傷啊！

撿起饅頭的人是個約莫二十初頭的大男生，他仰頭朝坡上看，家惠掃視堤防四下無人，她真該認了是這顆大饅頭的主人嗎？

那個男生拎著饅頭往上走，家惠把包包放到一旁，心想該認的還是得認，反正今天已經夠倒楣了，就讓這種不大不小的衰事來為這天劃下句點吧。

「妳的饅頭掉下來了。」

為什麼要強調掉下去的東西是什麼？她突然有種哭笑不得的感覺，幾近「崩潰」應該就是這種心境吧。

而那男的一近身，原本背光的五官清晰起來，這才看清他有著親切的笑容和帥氣的五官……家惠心底湧起一股奇妙的感覺，突然覺得饅頭沒那麼可笑了，這男生平實的態度讓她認為自己是多慮了，他給了她一種「饅頭不過像是每個人吸進肺裡是相同空氣」一般理所當然的感覺。

「謝謝。」家惠才接過饅頭，大男生就在她身旁坐了下來。

家惠有些意外，卻並不排斥，甚至還產生一種平靜的感覺，好像算計、猜疑、比較……那些生活中情非得已的想法在他們併肩坐在這裡的時候突然變得完全不懂該怎麼想起來似的。

「那饅頭……看起來很好吃的樣子，」他說。

那男生現在和她一樣面向光的關係，家惠可以清楚看見他有一雙燦亮的眼睛，笑著說話時還隱隱露出端正雪白的牙齒，讓人覺得同樣的話從他嘴裡說出來要比別人說的還要誠懇好幾倍似地。但家惠仍然半信半疑，說「看起來好吃」是客套話還是……他真有想吃的意思？

他繼續對著她和她的饅頭露出令人猜不透的笑容。

家惠把塑膠袋的結打開，拿出饅頭小心翼翼地問：「你要吃嗎？」

「真的可以嗎？」那個男生有些受寵若驚地問。

「可以啊，因為饅頭是你『救』的，」家惠沒想到自己會回他這麼有趣的話。於是她剝一口留給自己，剩下的全給了他。

那男生露出莫名感動的表情，小心翼翼接過。他並沒有馬上吃，反而先嗅了嗅那亮滑滑的饅頭表面，似乎在想像它剛出爐時所散發出那種暖暖香香的氣味。

一個對饅頭感興趣的年輕人……家境應該不優渥吧，家惠忖度著。但是這個男生的氣質卻沒有顯出那種求諸於人的卑微，這對貧富差異感受敏銳的家惠來說是個特殊的狀況。

他先是淺淺咬一口，細嚼慢嚥、好像在品嚐一道少有的精緻美食，體味著裡面複雜的料理工法。

既然這男生都吃了，自己也吃應該不算「奇怪」吧。她一邊想著，邊為饑餓的胃做補償，把手中饅頭一次全塞進嘴裡。

「好好吃喔，對不對？」那男生興奮的語氣裡充滿奇異和讚嘆。

好吃？在塑膠袋裡悶了整天的饅頭怎麼可能會好吃？家惠不服氣，她決定細嚐口中的滋味……紮實綿密的麵糰經過口中分泌的唾液軟化，在經過咀嚼之後散發出淡淡甜味，那潮濕的黏糊感竟然無足輕重了……所有上過小學自然課的人都知道，那是醣——澱粉本身的關係，但有他說得那麼誇張？

家惠看那男生大口咀嚼的模樣，怎麼也不像是在吃這麼「素」的東西，難道他吃出了自己未曾注意過的「深度」？這讓她想起美食節目介紹過一些看似樸素、材料再單純不過的食物，在經主持人一番簧舌後，都能成為人間少有的稀世珍饈，再加上什麼「海洋的味道」、「走在森林瀑布裡的暢快」、「浮在外太空般的飄飄然」……等等抽象字眼的形容，增加了對「吃」這件事的想像力，是自己不夠投入嗎？錯過了體會饅頭當中的什麼「味道」嗎？

家惠不服輸，她決定再增加一些聯想，要把口中微甜的滋味更具體化……嗯……它不像日式飯糰那麼容易嚼爛，所以她向來就不愛吃……若非要說它的特殊之處……好吧，那就是它得費很大的勁才能揉出紮實的口感，它不比包子有花俏的內餡，卻得靠更多經驗和氣力去製作……

家惠沾沾自喜起來，覺得自己好像也可以主持美食節目了麼，這麼簡單的「體會」一下子就能察覺。

那男生吃完饅頭後有些羞赧地說了聲「謝謝」。

家惠瞪大眼，我們吃的是同一個饅頭嗎？自己還在努力分泌唾液消化，那男生卻像吃湯麵般唏哩呼嚕地把食物送進胃裡，要兼顧速度和細細品味，這幾乎是沒有辦法辦到的事！

那男生不發一語，繼續對著她微笑。

這時，家惠不知道為什麼，或許覺得他挺有趣，所以也回應了對方單純的笑容。

他究竟是誰？一個人又在這裡做什麼？……

她發現有一堆白色、或黃或紫的野花擺在她和那男生中間，她順口問：「這是什麼？你摘的嗎？」

「嗯，我剛剛在下面就是在摘這些花。」他拿起來稍加整理。

家惠嘴裡的饅頭幾乎要吐出來！這是什麼老派的行為啊？採花？頭腦有問題嗎？看看這男生一臉聰明樣，若要細分，他應該是屬於在球場上接受鋪天蓋地尖叫聲的那種風雲人物才對，怎麼會獨自在這空曠的河堤做這種不切實際的「蠢」事？她突然想到只有一個可能，那就是為心愛的人做，不是有人說，熱戀中的男女什麼丟臉的蠢事都幹得出來嗎？如果真是如此，那麼，做這種自以為能討女生歡心的浪漫事就說得通了……但話又說回來，不也表示這男生已經心有所屬了……有些可惜呀，他的外型是自己喜歡的那一種，有炯炯迷人的雙眼、英挺的鼻樑、不羈的調調還揉雜了難以形容的親和力……這是家惠曾經想像過卻不曾遇過的，她甚至被這種不尋常的感覺立刻吸引，只是……他可能在為心儀的人摘花。

但願自己是猜錯了，家惠以試探的口吻問：「要送給女朋友啊？」

「不，是住在那裡的『寶貝』。」那男生指著他們身後的方向。

堤防附近除了公寓和民房，幾棵路樹，家惠不知道他說的是什麼，也看不出有什麼。

「在這排房子後面有一條小路，直直走進去有一間安養院，我摘花是為了給住在那裡面的一位老人家，她平日有作押花的習慣，但是最近身體不舒服，我就替她出來採花。」這個男生還說他經常去探望那裡的老人，並結交成為朋友。

家惠懷疑自己是不是聽錯了，老人？安養院？志工？難道自己看起來很好騙嗎？一個好手好腳、臉蛋生得俊的大男孩有什麼理由要往那種「死氣沉沉」的地方跑？她不禁覺得這謊扯得離譜，是尋她開心吧！

那男生仍保持笑容看著家惠，家惠突然從沉思中抽離，發現他這般不語的老神在在，似乎正看透她心中翻攪沸騰的是什麼事。

還是他在贖罪？拋棄過父母？甚至殺過人？……但她又覺得這一切的假設又不太可能，那如果不是贖罪，難道是出於自願嗎？他寧可放棄外頭新鮮有趣的花花世界，在街頭、在夜店讓更多漂亮的女生傾倒，或者腦袋如果不夠聰明還可以在以貌取人的職場上靠著絕佳的外型賺進大把鈔票，但他似乎沒有，他反而委身在一個沒什麼感官刺激和生活變化的地方，與一群日薄西山的老人共處，他們可以帶給他什麼？失去盼望的感覺？還是在時光中停滯的困頓？那氣息怎麼可能不影響這年輕人？怎能不讓這男生看起來更滄桑、更老態？難道他看待事物正向的程度已經超脫了世間所有的誘惑？……家惠心慌了，如果他說的一切屬實，那她實在不知如何自處。

「當一個人的行為無法達到某種標準時，最快的解決方法就是拖人下水。」家惠突然想起身邊的朋友用過這種方式對待自己趕不上的人；如果現在一旦承認這男生是個內外兼備的「聖人」，就等於自己媚俗，所以為了消除羞愧感，她只要同樣採取拖人下水的不信任的態度，就能讓心裡好過許多。

「少騙人了！」家惠說。

那男生似乎早料到她會不相信一樣，但仍舊保持微笑說：「我叫做 Nine Ball，有空的話可以到那裡找我聊聊，這是邀請函。」

他將其中一支有著繖房花序的白色霞草交給家惠。

家惠不知怎地，原等著對方提出激烈的反駁而準備來場唇槍舌戰，但她卻在這男生一句又一句的軟聲細語中按著他配合接受這花……沒道理嘛，誰會為了一面之緣的人去聊天？這個自稱 Nine Ball 的男生又為什麼希望她去找他？那麼從容、胸有成竹的模樣，就像曾有那麼一次在時光倒流中，他們曾經演練過同樣的相遇，而這一次是經過修正後所呈現沒有懷疑、也沒有多餘碎語可挑剔的完美，所以他的態度有十足把握，她的接收也那麼順理成章……

不對，男生追女生的技倆家惠太熟悉了，她不禁想，莫非這男生在河堤下面觀察自己很久了，看著她心事重重的樣子好伺機而動，最後再拋下一句「來找我聊聊」，無非是想聽她吐露心事，要更進一步親近她的暗示。

自己看起來未達擁有鉅額存款的年紀，金光黨不可能對她有興趣；如果是熟悉她家庭背景的人，更不可能有綁架她拿到高額贖金的想法，唯一剩下最有價值的就只有年輕的肉體和美貌了，那個不認識她的男生八成是看上她，想要追求自己……一如許多男生向她表示愛意時心裡擁有同樣的成就感，但這次不同的是，還揉雜了一種說不清楚的喜悅和特別。

家惠目送 Nine Ball 走下堤防，沒入一條小巷，消失在層層交錯的房屋後……她覺得無法對這個男生分類，如果他有錢的話，這個時候應該是去展現他消費能力的地方消磨時間才對，比如在鬧區，他會穿著潮牌 T

恤、騎著帥氣的重機在馬路上呼嘯而過，或走靜態路線，在只有貴賓才受邀參加的酒會，寧謐燈光下，托著下頦，全身散發知性的高貴氣息，聆聽國際知名藝術家講解作品創作的理念，品嚐著專屬於上流社會的精神糧食；但如果他沒錢的話，這個時候去的地方應該是工作場所才對，時間就是金錢，沒道理在挨餓的同時還有多餘精神去照顧別人……但是他人在這裡，完全看不出他家境地在這裡，和令人參不透的「點」交集著。

家惠把包包揹起來，在被灰藍色夜滲透，脹著螢光橘的彩霞裡往家的方向走，一路上心想：「今天真是奇怪的一天，要認識的陌生人碰不到面，卻反而認識了另一個陌生人。」而她現在竟為這個比陌生還更陌生，但比熟悉還更熟悉的人在疑惑……不，要煩惱的事情還很多，這些無關「成敗」的人事還是別在意的好，免得浪費時間。

當天晚上，她上網尋找白天放她鴿子的男網友，但那人的網站已經關閉。

浪費一天空等，現在又找不到人，家惠氣的不得了！但她不知道自己在哀嘆倒霉的同時，那名網友正因為刑事案件被滯留在警局，被封鎖的網頁是警方掌握他利用網路犯案的證據，調查還有多少失蹤少女在裡頭留過自己的足跡，而家惠還正不明究理地為今天見不到的人而大發雷霆！

「下一個目標該是誰比較好呢？」家惠只好放棄那個讓她白等的網友，重新再找一個來實現她的「理想」，繼續埋首於電腦，尋找另個符合條件的人。

還是算了？也許老天不希望自己做這種違背良心的事，所以給她一個「教訓」，用空等一天的時間好放棄這種念頭？

那可有什麼好處？放棄追逐美好的物質生活就能得到快樂嗎？讓別人知道自己有多貧窮是好事嗎？多少人為了爬到更高的位置不惜出賣靈

魂換取更多工作機會，被視為有決心的犧牲勇敢，創造出一個又一個傳奇故事；從遭到國際通緝的騙子，到政商勾結的黑白手套，連偷名畫的賊都能因為被稱讚腦筋好而受到世人崇拜，反觀那些在經濟洶湧雲海下被淹沒的小角色則被投以冷漠的神色、被貼上「失敗者」的標籤。

她突然想起在堤防和她一起啃饅頭的男生。

當全世界的人都認可某一種價值觀時，所謂「原本過於理想境界」的標準會被避而不談，但如果真有人達到高標時，多數人也會以自身經驗認為接收到的訊息是假的、不可靠的……家惠現在就正陷入這樣的思考當中，她的生活經驗中沒有人可以沒理由地去關心素昧平生的人，除非真有其他目的，再不就是尋她開心胡掰吧。

她在床上翻來覆去，窗外高懸的月被雲朵遮了半，如同她的思緒，總被無法擦亮的盲點掩著，怎麼也想不透、看不明。

「有空的話可以到那裡找我聊聊，這是邀請函。」Nine Ball 給家惠一支有著繖房花序的白色霞草。

找他聊聊？是啊，在這麼深的夜裡，為了他帶給自己的震撼教育而睡不著，還真需要和他聊，但和那種人能聊什麼？賺錢的方法嗎？別開玩笑了，那只會自貶身價……對了，那「朵」邀請函呢？

家惠從床上彈跳起來，打開房間的燈查看書桌、背包、白天穿的衣服口袋……怎麼也想不起來那朵野花在收下之後放到了哪裡，可能在半路上掉了吧，因為沒有任何印象帶回來……她心裡泛起一絲遺憾，Nine Ball——這麼特別的男生送她的東西竟然掉了，縱使只是一支隨意可取的野花。

如果把這件事告訴 Ann 她們，她們一定會恥笑自己吧，這群見異思遷的朋友義氣薄弱，說話常常不顧及別人的感受，雖然結伴，卻又時常踩彼此的地雷，有時連自己都不知道為什麼要這樣忍耐她們？說到底，她們看起來並沒有用心交朋友，自己則是用心過度，但用的地方不是如何增進彼此感情，而是該如何腳墊她們肩膀往金字塔頂端爬……所以甭說了吧，她們只是墊腳石，不會了解自己感受的。

就這樣，失敗的網友會面、Nine Ball 給她的衝擊、Ann 她們的眼光，在家惠腦中交織出一幅複雜的戰略圖，現在，這位「軍事家」似乎需要好好思考下一步該怎麼走才是。

她無法克制在接下來的每一天，白日睜大眼精神抖擻的時候和 Ann 她們盡情玩樂，夜裡則想著 Nine Ball 的樂善好施而輾轉難眠，與她不相襯、甚至可以看出她家境的饅頭能讓那男生不嫌棄甚至喜愛，即使幾十天過去，家惠每每憶起這段經歷仍有說不出的奇異感受。

不過，當她忍不住買下一支非常適合自己顏色的唇膏而超出零用錢預算時，她又不禁懷疑 Nine Ball 說的那些話，她寧可相信他是因為不得已才勉強自己去探望老人，雖然是壓抑的狀況，但比起刻意美化自己而稱是因為關心而做，就算讓她有機會再和他見面，她都不會開心，畢竟沒有人喜歡被騙，即使是說謊成性的人也不喜歡。

但，如果他真的經常在那裡呢？一直在等家惠去找他呢？恐怕家惠也會失望，因為那足以證明他並沒有她所想像得那般具有魅力——一個不了解自己有多特別的人，代表還不夠聰明，不知道運用既有的優勢讓自己更好，恐怕只是空談……但如果他明明知道自己的條件有多麼好，卻仍然選擇在不起眼的地方發光發熱呢？

她不斷反問自己，增加問題，也刪除答案，剩餘的暑假就在這樣掙扎的感覺中用盡，沒有任何可以幫助她快速增加收入的新想法，只有零碎且沒有「助益」的思考在干擾自己，增加腦子的混亂。

開學日當天，家惠眼睛盯著黑板，手中的筆像直昇機螺旋槳般轉個不停，她告訴自己：該是終結一切疑惑的時候了，現在只要證明那個叫 Nine Ball 的男生不是騙人的就好，如果他真的在那種無趣的地方當志工，雖然證明他並不是她所期待的對象也不重要了，現在的她一心只想尋求「真相」——他到底是個什麼樣的人？

一踏出校門，家惠刻意避開泡泡她們，這讓她想起小學時不願讓同學知道自己住的地方而繞路回家的往事。

穿過學校附近小巷後是另一條平行的街，裡面有座僅供幼童遊樂的設施小公園，再繼續往前走，便會連接到一座岔開的便橋、和阿龐一起讀過的小學、最後才來到橫跨河岸的大橋。

大橋下，狹窄的河道屯積了厚厚的淤泥和芒草，淺淺水域中，大群鱗片像太陽能聚光鏡般閃閃發亮的吳郭魚在翻轉身體，將河底泥沙打成一圈圈屬於自己的棲身之地，像是形成水界的蜂巢，印在淺淺的水區。

炙烈的陽光狂曬著大地，家惠身上掛滿汨汨的汗水，川息不止的車流、河岸兩旁的蘆草……似乎一切都要被高溫溶解。

來到對岸，走過那天和 Nine Ball 坐在一起的堤防，下了階梯，她一邊對照他遙指安養院的方向前進，沿途，有幾條幾乎無法發揮作用的鐵絲線衰弱地圍繞著一畦菜園、幾間臨搭的鐵皮小屋，然後才在一棟白色公寓旁的巷子轉進去。

曲折小巷裡充滿舊時代的氣味，是類似她家附近一種驀然的味道；頹圮牆角的青苔豐饒得像是縮小版雨林沿途著下水道邊緣長著，引頸而瞧，牆裡茂樹掩映之間可見座落的古樸透天厝，在木窗上釘夾的是綠色舊式防蚊紗網，空氣中隱隱還有黑膠唱片傳來的黃梅調。

宛如穿過時光隧道，家惠從巷子另一頭出來，天空瞬間開闊無礙，一棵天蓬般的大榕樹印入她眼簾，就像是這片土地的中心點，數條巷子朝東南西北各方放射狀延展出去，雖然安養院已近在眼前——白色磁磚拼貼的建築物，顯色但不起眼地掩映在這棵樹後面，家惠並不急著繞過去，忍不住多看那榕樹幾眼，因為它實在是太壯觀、太引人注目了，整座大樹的覆蔭有數十公尺，主桿被四周觸地生根的榕鬚所包圍，猶如一座連體森林，若是近身細瞧，水塔般粗的主幹中還有金屬欄杆被包融在裡面，那想必曾有好事者想「規定」它生長的範圍，但它卻突破格局，在時間的長流裡慢慢地、溫柔地摧毀周身的珈鎖，完成崢嶸的壯舉。

樹蔭下一陣涼風吹來，家惠忽地湧起一陣悠悠地，像是過往雲煙般的彌遊，安養院前方用灌木圍起的庭院就像收納記憶的寶盒，柵門被那陣風吹了開來。

家惠看見院裡有許多老人在活動；聊天、下棋、做體操，有把假牙用舌頭推進推出自行取樂，還有拿著打成泥狀食物的老人扁著嘴，像是牙齒因為「進化」而消失的外星人，吸著沒有形狀的食物。

她是第一次看到這麼多的老人，而且是和在路上看起來很不同的老人……

突然，她注意到一個坐著輪椅，在柵門旁眼神空洞「看」著遠方，手不停顫抖的老人家，口微張得就像一闔上就會斷氣似地。

正當家惠於心不忍地想把頭轉開時，Nine Ball 突然來到這老人身旁，蹲下身同他說話……仍是那如沐春風的微笑，不只在堤防上對著漂亮的家惠那樣，即使是滿面風霜、身患重症的老人他用的是相同的微笑！長自己才幾歲的男生，竟有如此一貫態度，家惠除了意外，心也再度被深深震撼了。

看似說的是關懷話，Nine Ball 還輕輕揉捏那老人的手，像是捧著一碗得來不易的熱湯，珍惜著。

家惠不禁想起家中枯坐的爺爺，除了奶奶疲憊吃力的眼神，爺爺未曾獲得一雙如同 Nine Ball 充滿活力的目光，其實她知道爺爺每天就像待在一度空間裡，除了感受不到時間與空間的變化，那些歡欣的、令人振奮、甚至痛快的悲傷、不計一切後果的自我毀滅能力皆消弭於無形……那是什麼樣的感覺呀，自己又給過他什麼樣的力量？似乎從來沒有！

她低下頭去，思考自己來這裡的用意未免輕佻，因為她原本就不是屬於這種地方的人，只為了見一個想很久的男生，是否一開口就會洩了自己的底，搞的顏面盡失？

才猶豫著，Nine Ball 突然朝家惠這裡喚了一聲，讓原本陷入沉思的她嚇了一跳。

她又驚又喜，Nine Ball 就像看見熟悉的朋友般向她打招呼，家惠原本緊繃的心情才放鬆下來，更重要的是，她認為這樣的開頭也預示了他們之間將會發展出一段如沐春風的關係，有別於漫不經心、廝混殺時間的那種膚淺友情。

家惠相信眼前這個大男孩的高中生涯和他們一定很不一樣，絕對不是那種連朝會都會拿起鏡子偷偷擠臉上粉刺、或參加社團自 high、搞自閉、耍狠、耍笨、耍屌，即使清楚這些與所謂的「理想」無關，但仍做得很爽，努力想成為「大人」，卻以自己的方式宣告的人……那他的高中生涯會是什麼模樣呢？模範生？不，模範生通常都很欠扁，私底下也未必會做這種吃力不討好的事，那，難道是惹事生非又翹家嗎？如果真這樣，那與現在的反差也未免太大了……

「先來和這位『寶貝』打招呼吧。」Nine Ball 打斷了家惠的思緒。

「寶貝」？這男生視老人家為寶貝？和一個無法答腔的人說話，太矯情了吧？算了，做做樣子也罷，反正她來這裡的目的又不是為了這些人。

「我叫呂家惠，你好。」在這種毫無美感和生氣的地方，放下習慣與驕傲、虛情假意地配合，無非是希望在 Nine Ball 眼中看起來也能有某種程度的「特別」。

「他叫做張景年，是住在這裡最久的寶貝，他雖然沒辦法說話，但我想他認識妳一定很高興。」

明明看起來是個可憐的老人，Nine Ball 卻著眼在老人「不正常」外表下的「正常」思想上，家惠覺得這未免過於貼心，反而讓她不知道該做什麼反應……同情並痛人所痛的樣子嗎？那未免虛偽過度，何況沒有其他人的情緒帶領要憑空表現出那種感覺，連自己都會瞧不起自己。

於是她為了 Nine Ball，抵達自己可以表達「遺憾」的最大極限，就是即使心不到、至少口頭上要表現出善意地硬擠出兩個字：「是喔……」努力將自己融入那種沒了青春、身患重疾、連做個至少能控制身體自由來去的遊民都沒有資格，終日不知該期待什麼的感受之中。

「這算什麼介紹？亂七八糟的！」遠遠，一名瘦骨嶙峋、頭髮茂密花白的老人跤著拖鞋，身穿一件洗到幾乎透明的白色短袖汗衫，像個刺猬般「拔山倒樹」而來。

「他不叫張景年，」老人操著河南口音，精神抖擻地大聲嚷嚷道：「他的背景我可是一清二楚，問我就對了！」

這位說話時連玻璃門都會發顫的老人叫做姜頤，八十有七，一個脾氣暴燥的退伍軍人，和大多數參與國共戰爭的老兵一樣，當年隨著國民政府來台，據他所言，就像上個世紀乃至於地球上無數生靈共同受到巨大衝擊的世界大戰，他憑著無愧天地的堅毅感知，認為自己不過只養活了幾個——應該說他造出來的「孽」，竟尚想回頭管他這個身經百戰、見識過什麼是真正在時代巨輪下謙卑，卻身懷壯闊雄心，為民族、為尊嚴爭一口氣的忠魂。「那些兔崽子憑什麼？有什麼資格告訴我什麼事該做，什麼事不該做？」於是他選擇「拋下」無知的他們（家人），自個兒住進這裡。

「在戰場上可是我在指揮的呀！」姜頤最常掛在嘴邊的就是這句，當然來到這裡，他更是「發揮所長」，指天指地，管內管外，大大小小事都由著他嘟嚷，但什麼是現實他還是清楚的，醫療行為他不干涉，僅只逞口頭威風來發洩用不完的精力。

姜頤口中這個叫張景年的就是一個讓他「管得很爽」的人。

「他叫做張開平！沒人比我更清楚他的身份了，他告訴別人假名是怕被國民黨抓，都什麼時代還在怕這個！現在他就算站在馬路上喊『我是共產黨』也已經沒人會在乎啦！」他雙手高舉，示範那種無人關切的尷尬，怎地？觸發白色恐怖的創痛在姜頤口中竟成了被取笑的段子？

Nine Ball 的臉色不大好看，但也沒說什麼，只是靜靜看著張景年。

這個鋒頭王從來不放過高談闊論的機會，今天既然出現新訪客，姜頤自然顧不得 Nine Ball 的反應，話鋒一轉，也就把張景年放到一邊，開始用他自認精闢的批判說道：「告訴妳，世界上最累人的工作是什麼？就是打仗！打仗沒有加班費、沒有傷殘補助、死了得自認倒霉，就算有家屬也拿不到撫恤金，活下了來的後遺症還一大堆，發瘋的、身子報廢的、或者沒瘋沒廢的也加加減減缺個鼻子、少顆眼睛！」

那些受戰爭蹂躪的人活像是從魔獸世界裡九死一生的怪物，而「正常的社會」恐怕他們的殘缺或鞭疤會傳染而希望能一輩子眼不見為淨地想盡辦法遠離、忽視他們。

他又問起家惠；開槍殺人比較有罪惡感，還是近距離突刺比較有罪惡感？

家惠從沒想過這個問題，更不明白，她有回答這種莫名其妙問題的必要嗎？

「當時國民黨很缺後援的。子彈不能隨便浪費，近距離突刺可以減少彈藥的用量，但是要花的力氣卻比較多，何況共產黨也是中國人，僅止是『理念』讓大夥反目的。今天如果我心軟，那該死的就是我！」姜頤面露殺氣地說。

於是姜頤很認真地殺敵（不認真也不行，否則早歸西了），每往前進一步，都是他帶頭衝先鋒，死在他手裡的「共匪」不知凡幾，也根本毫無招架之力。於是姜頤認為那些命絕的心有不甘，既然做人不是他的對手，那做鬼來索他命總行吧？但姜頤說哪有那麼容易？多少個夜裡，那些無聊鬼會趁他歇息的時候來找他，即使「身上」源源不絕的血從蜂窩狀的彈孔流出來，姜頤仍翹著腿在石上動也不動，半睜開眼要那鬼別擾他清眠。「我連死都不怕了，裝模作樣的鬼有什麼好嚇的？要殺他的不是我，是整個大環境，要討債還輪不到向我討！」

說到「大環境」，姜頤難免又氣憤起來，他把屍橫遍野當做繁花滿山來形容，人食人則以閉著眼睛吃罐頭一樣，被烽火翻起泥土「加味」的肉吃起來不都一樣麼，只是不太新鮮罷了，有什麼好挑剔？「什麼叫做地獄？這就是了！」

那倒情真。

當每天鼻腔裡充滿的不是令人頭腦清晰的空氣，而是刺鼻的血腥和屍體腐敗的味道，耳朵聽的不是悅耳的鳥啼和溫馨的小販叫賣聲，而是隆隆作響的轟炸聲；火藥把大地覆蓋，任何具有美感的地方都被無以計數的死屍佔據，在水溝、簷下、道路……任何可以走的、不能跨的地方都有它們垂吊、橫陳，世界焉然是個大型屠宰場，還未喪命的市井小民則是圈內驚慌逃命的豬仔，在拖延死亡的時間裡做著毫無意義的反抗。

這就是人所親近的「大環境」？真搞不懂發動戰爭的人在想什麼！

家惠被姜頤一派氣沖斗牛的奇態搞得心裡七上八下，眼前這個在戰場上殺過人的「加害者」如今手無寸鐵不具任何殺傷力了，但是他那股老天都要向他道歉的氣勢卻讓家惠有股「這賬要由她來償」的錯覺，嚇得她呼吸停頓，深怕一個不慎的眼神會引來眼前這位怪獸的殺機！

「我想起來家裡還有事，必須先走。」家惠急著想脫身。

Nine Ball 看得出來她在害怕，便點點頭與她道別。

「丫頭就是丫頭，什麼都不懂，沒我們這麼打過，哪兒來現在的福可享？好命吶！」姜頤顯然把台灣安定歸功自己在國共戰爭的強烈抵抗上了，直到現在他還在尋找認同上的感激，吃乾抹淨的黨政高官早過著隱遁逍遙的快活日子，只有他這種認不清事實的傀儡還在那場解不開的混亂裡奔相走告自己的功績，且以令人心酸的自傲在心裡犯滴咕：這些都不是最最變態的事，只是隨便聊個幾句，礙於還有許多事要「管」，不然殺人的過程更「精彩豐富」，應該挑來先講給那丫頭聽才是。

姜頤高分貝的說話聲將兩名醫護人員從屋子裡引出來，在廊下往這裡看。

「姜頤今天吃藥了嗎？」護理長問身旁護士。

「等一會兒才要吃。」

家惠向 Nine Ball 道別後，向來時的小巷裡隱沒。

「再觀察看看，如果還是沒效就給他換藥。」護理長說話的同時，護士一邊低頭在記錄表格上寫字。

護士向姜頤走來：「那個漂亮的女孩是你親戚嗎？」

「看也知道是 Nine Ball 的朋友，」姜頤大喊。「我怎麼可能和那種身嬌肉貴的黃毛丫頭認識？我可看不慣，就像我那女兒⋯⋯」

「好，好⋯⋯我知道是 Nine Ball 的朋友了，」護士拍拍姜頤的背要他進屋。「我們今天藥還沒吃，先進去吧。」

Nine Ball 仍站在原地看著家惠走進的巷子，沉默。

淡然接受不同的生命狀況本來就不是件容易的事，何況「聽說」與「親眼所見」有著天壤之別的體悟，家惠今天能舉步來此已經算是相當不容易了。

但就家惠而言，她今天純粹只想來這裡證實 Nine Ball 在安養院服務的真實性，如今卻有更多更多的疑惑塞爆她的腦袋，她疑惑的不是那些老人的「為什麼」，而是自己「為什麼」有那麼多的不明白：她不明白心裡為什麼要產生無能為力的感覺，這比毫不在乎更令人難受；她覺得自己有如剛從滿地和足了熱滾滾血液的黃泥裡爬出來，除了忍受全身黏呼呼的不舒服，還得極盡專注躲避蜂群般密集的子彈，渴求死裡逃生，也望事後這些記憶能夠一筆勾消，用幻想重新編織一個天堂讓她回味，那些人就像擁有太多這個世界醜惡的秘密，才會被「封印」在這裡不准對外界聲張，於是殘、於是病；張景年蒼涼空寂得就像走到崖邊等著往下跳的眼神、姜頤猶如可以再殺千百回的紅眼……多少泯滅人性的故事真實在他們生命中上演，活生生，血淋淋……一切的一切，是不需回首的幻覺？還是褪下真實後，比真實更真實的幻覺？

家惠對老人們帶給她的震撼久久不能平復，不管是真實還是幻覺，此時此刻卻具體影響著她的思維，她很難不想起爺爺，她曾聽過爺爺講過類似的事情，但遭遇似乎沒那麼可怕，是他運氣比較好嗎？為了躲戰爭而跳上開往台灣的船來這裡，就這麼簡單嗎？

四、

　　陽光像是刺穿布疋的利剪，直兜兜扎進眼球，隔著如萬巒山頭的腦袋瓜子後面是猶如打成泡沫的人形，發出波暰波暰的聲響，還沒完哪，需要再多說一些。

　　朝會從來沒有進行這麼冗長，台上向來不多話的訓導主任慘青著臉叮嚀再三、再三叮嚀，要大家別把愛情看太重，人生還很長呀，為什麼不想想還有很多愛你的人，只因為被喜歡的人拒絕，就要否定這個世界其他的美好？

　　這是發生在前天的事，昨晚新聞報了出來：學校的男同學在家跳樓尋短，只因為告白被拒，這個男生的命就沒了。就這麼簡單嗎？

　　「人」最為「人」垢病的地方就是不肯接受事實真相。

　　很多時候，在發生令人不解的大事時，人們總急欲為眼下的狀況下結論，以避免牽連自身，而這宗自殺事件，「愛情」就成了代罪羔羊。

　　如果愛情能夠輕看，那麼世上可歌可泣的愛情故事、浪漫的情歌、溫馨的家庭就沒什麼好追求的了，除非外力的強行介入，沒有人生來是為了誰，更沒有人生來是為誰而死，即使再「簡單」不過的結束生命：比如車禍，都可能是一連串巧合碰撞出的結果，更別說經過計劃，一定有歲月累積如凍原土在體內沉積產生的效應，不成為問題，卻漸成為事實，被心愛的人拒絕只是壓垮駱駝的最後一根稻草，而旁觀者卻把罪怪在死去的人身上，說他抗壓性不夠，說他太乖僻執著，卻怎麼不想想他的乖僻與他的執著是誰授的「勳」？那個自殺的男同學生前對批評的聲音相當敏感，也擅長挑剔自己的毛病，因為不擅交際，所以沉默只好取代幽默，用猶如跑了百米之後以最後一名死在終點的感覺換取從容不迫和沉著，他被灌輸拿到寫著自己與市長名字的獎狀比起擁有一張和同學一起開懷大笑的照片還來得有人生回憶的價值……於是在埋頭苦讀多年後，跳過心靈轉變的過程——從自我認知到進退有節、體貼他人的摸索階段，突然「砰」的一聲就進入思春期，然後手足無措兼一無所知地信心潰敗，就像被父母牢綁在樹幹被延燒過來的森林大火給活活燒死，但那父母不怪自己綁了人，反而責怪天乾物燥，甚至他們知道森林裡的無名火是本來就會產生的自然現象也要想盡辦法引風轉向，但那無疑是徒勞無功。

知道那男同學為什麼會把拒絕他的女生看得比「愛」他的家人更重要了吧？

泡泡不耐煩地打了一個大呵欠，覺得訓導主任講的都是事後話，既無趣又浮面，她拉拉家惠的衣角，做了一個逗趣的鬼臉，家惠看到，笑了。父母給的壓力越大，泡泡越是背著他們玩越兇，她為自己保住了一命，不被「達到」的理念綁架，更喜歡「挫折」帶給她的存在感，否則家惠也將會失去一個提醒她「出口」是多麼重要的朋友。

她們放學後約了要一起參加踩街活動呢！這個世界上還有那麼多好玩有趣的新奇事物，隨隨便便就「離開」，那真是飯白吃個子白長了，既然總要離世，又何必浪費時間只為了向這個世界打「招呼」走那麼一遭？

家惠不禁想起安養院的姜頤——或許來場戰爭，動不動想死的人反而會變得非常想活也說不定。

熱鬧的速食店裡，泡泡含著吸管口齒不清兼手舞足蹈地說：「我要周遊列國，還想到月球觀光呢！」連同家惠在內，泡泡、小佳和 Ann 開始沒頭沒腦地討論該帶些什麼零食在太空艙裡打發時間比較好，談在無重力狀態下上廁所的搞笑過程和到了月球看到外星人正在解剖玉兔……
她們嘻鬧著，像是比賽誰吹的牛皮大似地，內容實在沒什麼建樹，但家
惠就是覺得開心，而開心，就能驅逐哀愁，既然能夠選擇活在世上的態
度，那為什麼不能選擇認真活著也能同時擁有開心呢？

　　家惠自許活得認真，也比任何朋友都相信開心的魔力。用餐畢，她
們融入群眾欣賞街頭魔術師表演，在細雨紛飛、水分子穿透凝膠般空氣
的夜裡，欣賞表演者定格般的機械肢體秀，體會盛開如絨毛細小的珠花
在皮膚上輕彈的暢涼……頂置高空的彩球瞬間爆開，雪片般的彩屑從天
而降，花火散射的十字芒星落在她的肩頭，也落在踩高蹺、拿著大板擦
「驅趕」遊客的小丑惡魔身上、戴著五彩燈飾的火辣女舞者極盡閃爍在
視網膜裡跳繞再跳繞……快樂是共享的，也需要共同創造，在這毛玻璃
似水霧的「夏祭夜」，家惠像做了一場絢爛的美夢，在「意識」消失之
後是否可以用這些美夢延續？她當然想！她決定今年的生日要遠離那個
又舊又暗的家，不再凝視相同蒼老的臉，啃著味同嚼蠟的蛋糕，她需要
有人拉她一把，送她一場別出心裁的生日派對，向世人宣告她值得擁有
上流社會的排場、得到高高在上的對待！

　　她決定了！

　　回到家，電腦開機，點選，進入主頁，搜尋，鎖定，回應，確認，
敲定，完成。這是再次一搏的決心！

　　於是，又過了幾天，一台載著家惠的 Benz 實現了她的心願，油門摧
緊，釋放了壓力上路。

　　或許是為了要加速沖淡那些令她心情低落的事情，家惠顯得有些心
急。這次約會決定得有些倉促，網友符合的條件也是低空飛過——家境
富裕卻和自己同樣是高中生。但她自認沒有時間再去摸透其他網友了，

因為生日即將來到，必須事先「檢驗」這個男生夠不夠大方才行。

現在她慶幸，新認識的這名高中網友今天真照做了該吃該玩的，可算是有信用的人：開名車載她兜風，白天先看電影、逛街，夜裡再去陽明山上看夜景，吃名產、泡茶⋯⋯家惠很高興運氣那麼好，選了一個有紳士風度、態度又不輕佻男生，個子雖然不高，講話時眼神的焦點會四處飄移，好像身旁有很多蒼蠅在干擾一樣，但這些都尚可接受，因為現在的家惠猶如獲得了一張高值的消費券，興奮得難以言喻！

在車上，她不斷打探對方家境，那男孩子也有問必答，似乎樂得讓人知道自己傲人的家世。

另外，家惠還發現這男生有遊戲人間的特質，像 Nine Ball 那種把安養院的人當家人那一類；假設 Nine Ball 的家境是優沃的，性格也會因為這樣過於務實而不願意花大錢搞浪漫，那就會阻礙她的計劃，且 Nine Ball 的無私也會讓自己的罪惡感擴大，光是想著到底該不該跟進他的腳步去關懷那些非親非故的老人，壓力就已經備感重重，更別提怎麼開口一天到晚要他陪著逛街買東西？

正當家惠還沉浸於勝券在握的快感時，車已經開到家附近了，時間一到，仙度瑞拉還是得回到殘酷的現實世界。

夜已深，街上一個行人也沒有，但她仍不希望對方送她到家門口，自然是不想被發現家境清寒的事實，另一方面也怕未來若要分手也會因為曝露住處而不好甩掉。

經過一整天忙碌的「測驗」之後，意猶未盡的家惠還盤算著要如何讓對方想開口說送她東西時，那個男生卻作勢要吻別。

怎麼？只約會一次就想「盜壘」？門都沒有！家惠心想，並拒絕。

就在雙方尷尬而一片靜默時，三個在暗處環伺已久的豺狼帶著「傢伙」朝他們走來──情侶通常是最容易打劫的。

「不錯嘛，年紀輕輕開這種車，」其中一個手持蝴蝶刀的，用手拍了拍引擎蓋說。

家惠被突如其來的狀況嚇得臉色發白，僵直著身不知如何是好。

那網友被拉出車外，其中一名搶匪搶過他皮夾翻出一萬元現金，卻還不滿足地抱怨著：「皮夾裡竟然沒有提款卡！」

另一個惡棍坐進駕駛座，一付興致勃勃的模樣，才把那男生逼到最最害怕的極限，他口吃起來：「開……開走我爸……我爸會罵……」

「哎，妳男友好像比較在意他的車耶！」那持刀的惡棍對家惠道。「這麼說，如果得選一個東西留下，你會選擇車吧？」旋即轉頭看他。

那男生低頭不敢應聲，這讓家惠在心裡急得跳腳，她甚至以為自己看錯了，真想當場要那個前一分鐘還在想盡辦法討自己歡心的網友把低頭沉默的態度解釋一遍是什麼意思！

「原本我們只想要車，但是因為你不想選女朋友，我們只好好人做到底，幫你一起帶走好了！」

這時阿龐下班騎車回家，遠遠看到兩個惡棍拉著掙扎的家惠進入後座把車開走。他很快就知道事情不對勁，便趕緊把機車騎到站在原地發顫的那名網友身旁，催他儘速報警後，自己隨車去追。

車子就這樣被綁架了，裡頭的女孩被飆速的壓力給混亂了精神，恨不得當場死去！

不過，好在那車在越過大橋的時候，碰巧附近有巡邏的警車路過，阿龐便趨前表示需要幫助。

警車鳴笛追趕，阿龐也繼續跟車。

不久，聚來支援的警車已達四輛，鳴笛聲齊響震天，黑頭賓士車知道要甩掉警察似乎是不可能的了，便把車子調頭開往偏僻的山區，待車子進入適合藏匿的樹叢時，三名歹徒棄車而逃，前車的員警迅速跟進樹叢，後車的員警則拿著手電筒，在車子後座照亮一張印著黑眼圈，充滿驚嚇、又溼又花的「鬼」臉，證實了人質的安全。

接下來發生的事情，家惠幾乎沒印象，如同被蒙住五官坐上警車、回到警局，阿龐又在警局裡幫了多少忙，包括作筆錄、在奶奶趕來之後安撫奶奶……

天快亮了，阿龐和奶奶一前一後步出警局，奶奶連番向阿龐道謝，家惠則因為驚魂未定而無法立即表達感謝之意，更確切地說，或許是曾經對阿龐說過嫌貧愛富的話，如今自食惡果而汗顏得開不了口。但阿龐不把過去的感覺在這時候混為一談，相反地，他又向家惠的奶奶關照幾句話之後才騎車離開。

明明是夏夜涼風，吹來卻如此寒氣逼人……奶奶一路上拐著腳卻攙扶寸步難移的家惠安慰著說：「放心……沒歹誌（沒事），免驚……」

回家的路怎麼走起來份外困難呀，這一路上家惠因為驚嚇過度而牙關緊到幾乎開不了口說話，她知道奶奶不忍質問她，她也不知道該怎麼表示自己的無知和慚愧──在一切算計好的事件裡以一個完全沒有控制能力的身份，在恥笑天下大部份的人愚蠢之後，還得靠著不經一提的窮小子來解救。

直到回了家，踏進自己房間之後，家惠才將緊扣在肉體上的靈魂卸下，放聲大哭起來。而提早就寢的爺爺今晚則在臥房裡睡得特別安穩，就連奶奶瞞著他出門到警局，再回到床上也渾然不知。

五、

歷經短短數十分鐘驚魂後再次回到這個「正常」世界，家惠心裡有說不出的詭異感，除了如獲重生的喜悅外，奶奶的百般信任也帶給她巨大衝擊；奶奶只是一逕安慰，卻不問那天載她出遊的人是誰，又怎麼認識的，那種感覺就像只要對家惠稍有懷疑，自己就犯了罪，但如果奶奶真要打破砂鍋問到底，她也不可能說真話；也就是不管奶奶用哪一種方式對她，雖然都不會得到真正的答案，但至少現在，家惠確定自己怎麼都不會離開這個家了，雖然心裡常常把自己放在隔隔不入的點上，但她是奶奶的孫女，這點永遠也不會變，因為現在終於體會到如果讓奶奶傷心是多麼可怕的事情！

這天夜裡，在店舖中，她坐在鐵板凳斜敧著牆，心跳聲讓她知道自己還真實地存在這個世界。

心中的陰影需要時間慢慢沖淡，除了親人，朋友的安慰也很重要，不過這麼不光彩的事，尤其背後動機不單純，教家惠如何開得了口向朋友傾訴？為了有一場可以炫耀的生日派對而和陌生男子出遊、被擄？她不要 Ann 她們知道真相，那實在太難堪了……而那猜得出她心機的阿龐呢？每每在學校照面，家惠雖然曾對他說過不准再同她說話，但是現在卻把自己從危險中解救，讓她還能在學校和同學們一起上課，而不是透過報紙的社會版像議論那個自殺的男同學一樣議論她的不幸，但是現在的阿龐卻對她視而不見，甚至在感受到家惠因為感激而想示好的心意也以不屑的態度回應。

這就是嫌貧愛富的下場嗎？家惠不禁思考起來，覬覦他人財富，自然沒有資格要求別人重感情，最後伸出援手的反而是「比較沒有」的，阿龐比起自己才是真正值得活下來的人，不是嗎？

　　四周靜悄悄地，似乎在小小的店舖裡只有被蜘蛛網纏繞的黃燈與她相依，爺爺和奶奶已經先就寢了，家惠盯著前方揉麵的工作檯出神……
　　不知為何，在經歷過這麼多令人沮喪的事情，家惠卻想來看看這座古老的工作檯。
　　檯子的石磚表面雖然年代久遠，但是卻磨得越亮，擱在上頭的桿麵棍、麵粉就是撐起一家的全部，從小看著它，從仰頭的好奇，到吵著要幫忙爺爺，直至終於有足夠的身高站在椅子上，用自己不靈光的手捏出老虎不像老虎、兔子不像兔子……十二堆又癱又軟的麵球，得意地自稱是「十二生肖包」。爺爺用他滿是麵粉的大手忘情地在她頭上摸摸，家惠搖身變成了小白頭翁，就像努力揮著又小又短的翅膀，準備飛向更高的地方……但當她如願長得比檯子高很多的時候，「內化」的思考卻取代了天真的創造；她曲在樓梯一角看著爺爺的背影出神，想像如果換成爸爸在揉麵會是什麼樣子？怎麼樣的肩寬才是爸爸的樣版？家惠在心裡猶如剪貼了一塊曾看過很喜歡的肩型套在想像的父親身上，然後看他在檯前忙碌，揮著汗，把搓好的麵糰排進蒸籠，再用巨大的力氣舉起，放到瓦斯爐上蒸……但有多久了？她已經沒有像這樣，在工作檯前傻傻地幻想一段又一段過去溫馨又精彩的虛構情節？這個工作場所仍是一家經濟的來源，但她知道對著它做那些既苦澀又自我滿足的夢是無法改變現狀的——重溫爺爺仍能起身揉麵的那段時光，還有癡想父親站在爺爺身旁一起工作的樣子。所以她決定漠視它、走出去，迎向更多新的刺激和挑戰才能從無法實現的幻想裡解脫！
　　她相信，父親如果還活著，應該也會同意她「振作」才是，但是他會認可自己做這種程度的「冒險」嗎？學生不就是認真求學和無慮地玩耍？為什麼要用盡心思把身邊的一切用數位模擬的方式來分解？看到笑臉就認為是快樂，掉眼淚就一定是傷心？——猶如現造的機器人判讀人類的表情一樣，內心起伏的細微情緒就必須被排除在不同的表情之外？

　　除非0/1的編碼序列有彎曲變形的可能，那虛應外表底下的真情才能轉換成為真正的表情，所以才會有那麼一句聽得耳朵出油也無法辯駁的老話：知人知面不知心。

　　是啊……不敢相信，一直以來藐視的阿龐居然會成為自己的救命恩人，真的是小看了他！反觀自己有多少能力、又有多少值得被珍視的理由？稱讚我美麗的人要是知道我心裡有多邪惡，一定會非常後悔這麼看我……

　　家惠走到工作檯前，伸出手指將檯上薄薄的麵粉一路推到油槽邊。**但是，如果救我的人不是阿龐而是 Nine Ball 呢？如果 Nine Ball 的家境很好，或許我現在會毫不考慮地和他交往了吧，我很想用愛情來回報阿龐，但是一絲非理智的衝動也沒有因為他伸出援手而產生，反倒腦子裡不斷浮現另一個男生的臉——Nine Ball，這可怎麼……**

　　這是她頭一次不論對方家境，只想在愛情裡尋找安慰的不理智，是經歷過危險又愚蠢的行為，而改變自己的選擇方式嗎？

　　喔，不。

　　家惠向自己的想像踩了煞車，在筆記本上畫了一個大大的 ≠（不等於）符號。

　　講台上頭髮花白的數學老師口沫橫飛地瞇著細長的單眼皮，激動地用他那求學生涯裡受盡先師帶給他相同模式的思維，附身般地在黑板上瘋狂寫了一個大大的 ≠（不等於）符號，還望台下的學生也能夠繼續複製他、遵循他。

　　家惠抱頭，盯著黑板上方兩個大大的「博愛」二字，眉頭皺得緊，她想起昨晚在店舖的工作檯前動了與 Nine Ball 交往的念頭就覺得離譜；利用愛情只為了撫平失意和傷心，比起愛慕虛榮也真是夠齷齪的了！

數學老師扯嗓的音量已達噪音等級，家惠心中專注的聲音也隨之調高：我想，或許是因為 Nine Ball 不像阿龐那樣知道我那麼多吧，他不曉得那夜發生驚魂的肇因，他不重視物質生活，對人充滿愛心——尤其是老人家，他是一個正面能量體，是一個像為她預備好隨時可以取用的安慰劑……是啊！主動去找他，有何不可？他不是說可以去找他聊聊嗎？以朋友的身份罷了，雖然不清楚他為什麼要那麼說，但還有比現在更好的時機和他見面嗎？

放學鐘聲一打，家惠拉著書包朝堤防方向奔去。

Nine Ball 是廣結善緣的，而自己身為一個這麼勢利的人，也在這時候顯得更自私，明明行為準則奉行的是一套，卻在最需要安慰的時候又想沾瞧不起的另一套的好處，明知自己沒資格卻仍要做……不管了，就讓我再任性一次吧！

幾個不顧校規，將頭髮染色的男學生在便橋附近就開始注意獨行的家惠，他們尾隨其後，不斷用輕薄的語言調侃她，美其名「打交道」，事實上更希望激怒她，引發有趣的反應好供他們取樂。

以往家惠若是遇到這種狀況皆採不理會的態度，讓對方自討沒趣離開，但隨著路越走越偏僻，行人也越來越少，腦子閃現的是那夜被擄的經過，同樣在偏僻的地方，沒有可以倚靠的人，只能任憑被拉到不熟悉的車內，被不認識的人載離只差幾公尺就能回到的家，往更遠的地方而去，也許因此再也回不來，Ann 和泡泡、小佳只能透過手機裡的新聞，就像閱讀充滿性與暴力的小說一般得知自己的「下場」……

終於，她因為心裡的恐懼膨脹到無以復加的地步而無法再往前走，突然在橋墩下蹲著，咬牙發顫。

家惠越來越擔心，若那天的情況現在再發生一遍，好運是不可能重覆的，她勢必得接受最糟的狀況來臨，而這個後果將會改變她的一生，永遠也無法回頭！

那幾個男學生好奇地上前去碰她，僅只是輕輕一觸，家惠就「哇」的一聲大叫，哭聲之淒厲，一發不可收拾。

「瘋婆子！」他們被家惠突如其來的反應嚇得倒退好幾步，撂下咒罵的話之後匆匆離去。

不去了，不去了，我有什麼資格去向一個善良的人討心安？家惠內心喊著。

矇矓視線中，她看見自己往下滴的眼淚在水泥地上造出斑斑深點，成為河邊稀有的鹹水。

正在河堤採花的芝蘭停下摘花的手，引頸尋找哭聲來處。

芝蘭就是 Nine Ball 口中喜歡做押花的「寶貝」，經過一陣子的養病之後，趁著烈日未隱暗夜未臨的這段涼爽時間，來河堤尋找可以製作押花的材料。

「那裡蹲了一個女孩呢。」陪同出來的看護指著蹲在橋下哭的家惠。

她們走過一大片被兔蘇子纏成網的草地，來到家惠身旁。

芝蘭彎下身問她發生什麼事，家惠卻只一逕地哭，心裡亂得無法做出回應。

芝蘭從捧在手裡那些五彩繽紛的花堆中，抽出一支霞草對家惠說：「送給妳，別哭呀……」這舉動讓家惠想起了 Nine Ball——那個讓她自慚又想見上一面的人，但還沒見到就先在這裡被其他的事所擊垮，她覺得自己沒用極了，也就哭得更傷心了。

芝蘭一時不知如何是好，她只能對家惠勸說：「快點回家吧，別讓家人操心。」家惠知道這位親切的老太太關心的是什麼，這才收緊哭聲點頭。

芝蘭看了家惠的反應才稍加安心，在看護員的陪同下先回安養院。

家惠僵硬地抬起脖子，望著老太太遠去的背影，這才看清那是一個個子嬌小、頭髮如蘆葦伏浪的老人，她一定非常慈祥、心地也非常的善良，才會和 Nine Ball 有一樣的舉動……想到這裡，好不容易緩下來的淚水又開始湧洩。

「不知道那女孩發生什麼事，不過只要趕快回到家就好……」一切的恐懼就都會遠離，一切的問題也會獲得解決。這是芝蘭經過這麼多年人生所體悟出的……動盪時代的無知與恐懼她在童年經歷過，經濟起飛的戮力克儉她也參與過，在家庭裡擔任的角色、扛起的擔子對她而言是再清楚不過的了。

不管時代如何變遷，以家為成長核心的模式卻從不曾改變，即使因為戰爭，「家」支離破碎卻從未因此被世人認為應該被忽視，那些骨肉分離數十年卻鍥而不捨尋找與自己有關的親人，就是血脈凝聚的最佳利證，雖然二次大戰末期希特勒想用「嬰兒牧場」證明家的無益，但苟活下來的納粹孤兒卻反而成了證明「家」是世界上最可貴的一項資產，是信心、是養份、是一切堅強與良善，也是獲得最多愛的地方，是任何人從另一個世界來到這個世界的重組，那些人和「你」所新迎來的人未來也將護著「你」從這個世界直到再回到過去那個世界為止，任何一個人都是這長長一鏈 DNA 血脈中一個嵌入又抽出的切片，牢牢實實地屬於某段專有的位置，即使提前離開也無人能夠取代，因為「你」是這條血鏈組成的功臣之一，也就是形成「家」——獲得生身與仰賴活命的無形鎖釦，所以如果累了、倦了、受傷了，會無條件接受你療傷的，除了家，還會有哪裡呢？

芝蘭的獨生子因為工作的關係而長駐美國，與芝蘭分隔兩地已逾十年，雖然她拒絕隨兒子去海外，不過每年聖誕節長假，她的兒子一定會回國帶芝蘭到各地遊玩，芝蘭已心滿意足，她兒子也因為「家」——母親始終在這裡，所以心甘情願不拒千里趕回來維繫這段母子情。

從廣義面來說，只要有可以延續「愛」的「對象」，就可以當成是「家」吧，而芝蘭也把安養院當做家，她善待住在這裡的每一個人，噓寒問暖，因為她已經把院友當做親人，也把兒子給予過多的資源分享給他們。

芝蘭從堤坊回到安養院之後，先是把部份的花分送給其他院友，就像是輕盈展翅的百靈鳥啣著藥草為大家治病，她在他們每個人床頭事先預備好的玻璃瓶——護士原本要丟棄卻被她要來的藥品玻璃瓶裡插上新採來的鮮花。

突然間，大門口傳來吵鬧的聲音，她停下忙著傳遞幸福的手，趨前而視。

姜頤正在對來探望他的小兒子大發脾氣，而所有在花園活動的老人家都急急「避難」去了，因為熟悉的轟炸式行動就要展開。

「有什麼好探望的？我人好端端的你浪費時間跑過來幹什麼？工作不用做了嗎？……」連珠炮似的責難讓他兒子尷尬得無以復加，看得出來他兒子是出於關切來訪，渴求親近的眼神裡卻充滿被拒絕的無奈，只能遠遠地同姜頤說話，以防他心情更壞。曾經，姜頤的妻女也帶著新買的冬衣來看他，卻被惡狠狠地趕回去。「穿什麼新衣服！我不欠這個世界，這個世界也別想用多餘的東西買通我，全部拿走！」

雖然姜頤脾氣有著令人無法理解的暴躁，奇怪的是，他的家人卻不像某些院友的家屬刻意將親人遺棄在這裡，反倒流露出一種不捨之情，好像是姜頤強迫他們做出這樣的決定一樣，而事實上……還真如此。話說這個行動能量比起年輕小伙子還要激活的老人家精力旺盛到無可救藥的地步，好像經過戰爭洗禮後就打開他那永不衰歇的勞動因子，平靜的日子過不慣，硬是要在如鏡亮般的湖水裡撥弄些漣漪，在大地萬物正好眠的時候給予一些刺激，好平衡他所承受的種種，即使他並不知道自己是什麼心態，但他就是要。

首先，他藉著做早餐來發揮自己的「功能」，他在全家人最好睡的時候——凌晨四點鐘，叼根煙，一邊揉麵一邊咳著足以把門衝破般爆發力的痰（聲），無視妻小的抗議，要把和進麵糰的唾沫和煙灰做成大餅分食給大家，於是一次做得比一次有心得，一天比一天來勁，連向來有賴床習慣的小兒子都不禁為容易被吵醒這種問題而動怒了；天還沒亮就得接受如雷般的噪音——摔鍋，在姜頤的認知是「換」鍋；扔棍，在姜頤的認知裡只是把桿麵棍「擺」到一旁；強力的水流，不用說，水龍頭不就是開了大些麼，這麼激不起一點聲響……家人勸他可以去早餐店買現成的，但又被批浪費，扣除他扛一大袋麵粉回來的工，他不曾想過家人善後廚房的混亂又得花多少的時間和精力收拾？溼搭搭的地板、黏呼呼的麵糰沾在牆壁、在流理台、在桿麵棍、碗公、油瓶、水槽、更別提水龍頭和電鍋如同轟炸後一片血糊糊的器官碎屑噴濺在觸目所及的大街上那般慘不忍睹……畢竟他不是行家師傅呀，要做個童年記憶裡的味道也不是這麼搞法，一家人摸不透他到底在想什麼，於是這項「興趣」在家人的抗議中拖拖拉拉地維持了半年，無數新的「即興創作」也不斷產生。

有時家人氣起來，甚至覺得照顧一個植物人恐怕都比照顧他來得輕鬆！姜頤無感自己的擾動，反而指責他人，這讓他和家人的心裡都不好過；但是最後讓姜頤決心要住進安養院的導火線——竟是對妻小多年來的「積怨」。

對結締數十年老婆心寒：糾正無效——做菜時，纖維過於粗硬的菜梗丟棄是浪費行為；不准她買新鮮的水果，只因為熟透並發酵的水果比較便宜，而且姜頤還知道一次扛個十斤回家還有更低的價格，無視女兒的反對，他多次用自己的老骨頭搬回來一大箱箱底已滲出腐水的木瓜，在廚房地板上匯流成川，全家人再無法忍耐地群起抗議！他開始批孩子不孝；兒子趁他不在家時將一箱箱辛苦扛回家的水果扔掉，姜頤義憤填膺地說：「我決定眼不見為淨了！和你們這些浪費成性的人住在一起真令我火大！我要搬出去住，誰也不准阻止我！」

家人雖然不忍，但心頭卻都悄悄鬆了一口氣，因為開口要離開的是姜頤自己，決意要終止生活爭執的也是他，只要他覺得日子過得快活，沒什麼好反對的，何況他的冥頑不靈若不是已對家人生活影響甚鉅，要捨平靜日子不過，否則寧可選擇忍受，也不願意每個月花一筆為數不少的錢讓姜頤住在外面，所以這已經算是上天給他們最好的、最不費力的結果了——從此讓這個家一片祥和吧。

而姜頤心中自有一套「標準」，無自由吾寧死，住在外頭就不算是浪費（錢）了。

多數住在安養院的老人一天比一天感到意志消沉，姜頤卻不同，他卻一天比一天有活力，彷彿每一天都是新來乍到，說起話來鏗鏘有力，每個字從他的口裡說出來都像是活的，而且是亮的。

芝蘭拿一朵盛開著單生花序的木芙蓉給姜頤：「別鬧心，拿著。」
姜頤心頭紛亂，卻不改態度地對著那花吼道：「看到紅色，我更上火！」然後氣燄沖沖往屋裡頭走。
芝蘭並未受驚，反倒氣定神閒地把花轉交給姜頤的小兒子，說道：「我相信他一定明白你的孝心，只是控制不了自己。」
姜頤的兒子接過木芙蓉怔怔地看，然後點點頭，不發一語，離開。
一旁的護士長霎時就像訓練有素的炸拆彈小組，立時上前善後般跟在姜頤小兒子的後頭，與其說安慰，不如說是勸他以後少來為妙，因為只要姜老的家人來看過他，姜頤的情緒就會變得很糟，他似乎承受不起被溫柔對待，那使他心裡有說不出的難受，他的感性已經被戰爭的殘酷消磨——如同活埋的生身血肉重新自土裡挖出後哪還能保有新鮮彈性、流動的血液和清晰的思維？他帶著腐敗的情感在這瞬息萬變的世界裡穿梭、隱藏、埋伏、甚至攻擊，深怕自己一個不留神又會被這狡猾的世界所騙，中了可善的敵人（和平的假象）的圈套。

姜頤，這頭橫行無忌的老獸直衝回屋內，大廳裡鴉雀無聲，沒人敢與他對視，他們像是負極磁鐵般向四方移開，好為他讓出一條沒有阻礙的通路。

他直視前方邁著大步，途中卻突然停下，在明伯的房門口張望；明伯是個靠維生器活著的植物人，但不知為何，姜頤現在想多看他一眼，卻看見幫明伯按摩手臂的 Nine Ball 停下動作，目光如炬地與他對視……姜頤全身的毛細孔突然刺痛起來！

他霎時想起曾經發生在這個房間裡的一件事情；明伯的親屬以質問的語氣對護理長說：「你們不是說他撐不過一年嗎？」他們抱怨院方估計錯誤害得他們也為明伯做出錯誤的「安排」後，直到三年間不再出現過，姜頤看出那些人的心眼，那天他大呼小叫地跑到院子裡對著天空大喊明伯太倒楣，一生掙得那麼多財產給他子孫卻被巴不得早死……

突然，他腦中浮現探望自己的妻小渴求見他一面的表情。

Nine Ball 把目光收回，姜頤看著他在明伯的耳朵說了句話，起身準備離開。

姜頤突然覺得自己似乎錯過了什麼珍貴的東西，但嘴巴仍沒有辦法控制地咒罵著明伯的親屬：「他媽的沒良心……」然後塌著花白的眉，搖晃步子回自己房間。

前院窩在角落躲「流彈」的老人們像是浩劫重生的小動物，再次朝院子中央匯聚，沒事似地繼續下棋、曬太陽、打瞌睡，就連滯留的空氣也重新吹起涼風……

門外榕樹虬枝漫晃、葉影扶疏之間，可見一台白色轎車停在樹下，護理長對著車裡姜頤的兒子揮手，直到車子消失在其中一條巷弄為止。

Nine Ball 也走出敞開的院子大門，朝另一條巷子而去。

稍稍平定情緒決定回家的家惠沿途著河岸失魂似地走著，身後突然傳來 Nine Ball 叫她的聲音，她愣了一會兒才回頭，看見他笑臉盈盈的地向她走來。

「妳是來找我的吧？」Nine Ball 撥了撥擋住視線的頭髮，不急不徐說道。

他為什麼那麼有自信？自信地認為我出現在這裡是為了來找他？家惠心想。

本來想折返回家的，Nine Ball 卻又出現了……就承認吧，雖然對他不夠熟悉，但相識是在那樁「意外」發生之前，所以她對他並沒有強烈的排斥感，同時她也無法想像如果他們在「意外」發生之後才認識，她會不會還像現在這樣信任他、欣賞他。

堤防上，他們併肩走著，站在這高處，可以看見陽光把岸邊長出來的芒草隨風展現成金浪，遠處迎面而來的還有年輕夫妻推著娃娃車，裡面躺著胖嘟嘟的睡娃兒……這麼至情至性的風景，怎地讓家惠升起無限感慨？ Nine Ball 始終沒問家惠來找他想聊什麼，家惠也沒問 Nine Ball 為什麼說過希望她來找他的原因又是什麼，似乎有一種未知的默契，不需要說明就存在他們之間。

Nine Ball 用他充滿熱度的笑容蒸發她的憂愁，還沒有交談，她就能感到沒穩定下來的情緒因為相見而獲得了勇氣和力量，不是被刻意對待，而是 Nine Ball 就像太陽般源源不絕地散發著能量，自然又不設限地使週遭的事物變得溫暖。

家惠先開了口。「一直把微笑掛在嘴角是什麼樣的感覺？」

更疑惑是什麼原因能夠讓一個人保持這樣的狀態？即使他在那個濃

縮了人間愁苦和病疾的安養院，仍能不受影響地把自己的正面能量源源不絕地釋放出來……一個缺乏關心而自卑的人臉上只會充滿愁苦，因為得到的愛極微量，所以沒有多餘的笑容（能量）可以分享給其他人，而 Nine Ball 一定是儲蓄了滿滿的愛，才會因為夠自己用而不吝於散播其外。

「保持笑容，是為了在這個世界留下什麼。」對家惠的提問，Nine Ball 如此回答。

聽起來，這是一個對等且互惠的做法，即使將自己看得何等無能為力，但給這世界什麼，這個世界（的人）就會回應出什麼，雖然有時候未必會按心裡所希望地得到回饋，但單就為了自己，不必為什麼開心而開心，因為沮喪而更沮喪，只因為想為這個世界留下……留下你希望改變現況的種子，在不經意的地方發芽，「那就足夠了」，Nine Ball 說。

家惠陷入沉思，但 Nine Ball 的回答就像是點到為止一般，又突然轉移話題和她閒聊起來，問起她的學校生活、平日的休閒和對未來的想法……但當換家惠提問的時候，她沒想到自己竟脫口問 Nine Ball 為什麼叫做「Nine Ball」？

他說明。

家惠佩服地笑了。

最後兩人在堤防銜接大橋的地方道別，她有些依依不捨，但是「能不能再去安養院找他？」這話又說不出口，兩人的關係似乎一次比一次還不明，但心卻又好像一次比一次更靠近。

六、

　　自從經歷連車帶擄的驚魂後，家惠便常常在夜裡滿身大汗地驚醒，以致無法入眠，遊蕩到天明。

　　在這段睡意全消的時間，她會坐在書桌前看著窗外昏黃的路燈和對街的老建築發呆，或是到二樓倒杯水喝，再到店舖裡坐在油膩膩的板凳上看著老舊的蒸爐、不再鮮色的大冰箱、印花被磨得泛白的折疊桌、還有污黑到看不清原色的磨石子地……腦子裡一邊想著義氣、利益、現實、幻想和不悔……她放棄了什麼，又差點錯估了什麼，一直以來，她總是告訴自己不到過「高級」的生活之前，那些問題是不能停下來想的，同儕間分門別類的目光總是摧著她追求「理想」得加快進度，只是這單一而脆弱的思想猶如經不起風吹和拉扯地斷了，於是她的美夢也醒了。

　　家惠睜大著眼，精神卻是疲弱的，就像是毒品在體內過了亢奮的時效……該戒了，你不能永遠靠著它——編織的幻影而活。

　　回房間吧，就算在床上閉目也好，否則上課睡趴了可不妙。

　　家惠往二樓走，經過客廳的時候發現爺爺奶奶的房間燈亮了，空氣媒介著爺爺微微的咳嗽聲、藥袋發出倏倏作響的清脆聲、還有奶奶自嘆記性更差了，才倒好的水一轉身就不知道又放哪兒去了的聲音。

　　家惠悄悄探頭看，兩個老人弓著身在床頭櫃邊明明沒有功課可寫，卻一付「用功」的模樣，細數著倒出來的藥還差幾顆……她把頭縮回，盯著客廳天花板，發出又輕又深的嘆氣……這個再如何打掃也整潔不起來的家；藤椅上搭著方便爺爺取用的舊涼被、仍是映像管的老電視上還有灰厚得像長毛的小沙彌裝飾品、無感的蟑螂在餐桌上、地板中央大剌剌地橫越而過，和凝重的氛圍連成一氣，如果不和這一切做出分割，那和「等死」有什麼差別？還沒到爺爺奶奶的年紀，就覺得自己已經一腳踏進棺材裡了，再過幾天就是生日，原本計劃好會有一場別開生面的生日派對的……

　　想到這裡，家惠心頭一酸，跌坐在地上。

　　「過度追求物質不好，我知道，要過豪奢的生活不能一蹴可及，我知道，但要如何擺脫現況，我卻不知道……尤其是放寒暑假的時候最痛苦，每天該穿什麼？該去哪裡？錢又從哪裡來？就算待在家裡省錢也不行，總覺得，若不遠離這個地方，身軀就會被這種氣氛所感染，永遠就沒有辦法跨進另一個明亮的世界，只能在這幽暗的棺槨裡舔舐受染的傷口，一邊絕望等死……可有光呢？可有一道足以切割黑暗的光、足以把溼冷趨除的熱呢？在墓穴裡、在暗牢裡、在心靈的窖裡，相信即使染上瘟疫只要光能降臨，我便能起死回生！」

　　那點微亮的光在家惠的視網膜底下像被付予生命一般「活」起來。
　　其實「光」一直都在的。

　　一年又一年，每年總有美好的祝福伴隨燭光——這微微的火光在歷經萬年以後，成為都市人日常生活中最少觸及的光芒，只為了製造情趣而靜靜存在著，雖然一口氣就能將它吹滅，不堪一擊，但卻是最歷久彌新，也最能喚醒人心底深處一個像「開始」的光點，像「跨越」過去的光點——

家惠，生日快樂。

　　不等家惠一進門說要進房唸書的機會，餐桌上就備好點了蠟燭的生日蛋糕，看來這是爺爺奶奶想留她停下腳步的權宜之策。

在幽微裡試圖尋找的光點就在眼前。

這蛋糕不是在有品牌的蛋糕連鎖店買的，以它樸實的造型和簡單的製法，就能猜到這是在不求質感的十元麵包店裡買的海綿蛋糕，這種品項的蛋糕頂多一百元，只有一層薄薄的糖漿刷在蛋糕表面，外加三粒甜甜的黑棗和罐頭櫻桃，如此陽春的內容，家裡一年也只會買一次，就是在她生日的時候。

要求吃一個夾著布丁和莓果餡料的奶油蛋糕一年一次並不過份，只是家惠不曾這麼要求，因為從小她知道爺爺奶奶年紀大「不喜歡」吃蛋糕，所以自己總壓抑把甜甜的奶油雕花送進嘴裡的慾望，在琳瑯滿目的甜點中，對奶奶說要這種單一褐色的海綿蛋糕，而這一選，就吃了好多年，她曾經想與其這樣不如就別慶祝，但是在這個屬於自己、證明自己來到這個世界的紀念日，她又捨不得錯過，好像倘若一忽視就會把她和父母的關係切斷，找不到可以與他們連結的證明，成為充滿電子與波頻世界裡的「精神孤兒」。

爺爺奶奶堆滿笑容坐在餐桌旁，等家惠吹熄蠟燭。

「我突然覺得頭好痛，想上去先躺一下。」開心的表情擺不出來，只能一說完話就轉身離開。

她每踏一層階梯便在心裡大喊一次「何必」？何必為自己安排這一切？「我壞透了，我打心裡要脫離你們，你們卻一而在在而三做這種事讓我羞愧，為我買蛋糕、為我慶祝……而我是家裡唯一在慶生的人，他們從不為自己辦生日，也不要我為他們辦生日，雖然一切是應景，但爺爺奶奶卻把這個極有份量的象徵讓給了我，成為我專屬的特權，只要從我的笑容裡看見快樂，從我的滿足裡獲得幸福……就夠了似的。」

　　家惠整個人連同書包一起甩到床上，躺著閉上雙眼。這下真的是犯頭疼了，眼角縫裡溜出的水分子鏈這個時候也同樣讓她心煩，弄溼了臉不說，才換好的乾淨枕頭套又得要換新……

　　「這個玩具舊舊的，我不要！」六歲的家惠生氣地說。

　　那是鄰居小孩長大不要的玩具，爺爺把丟到一旁頭髮黏得打結的洋娃娃撿起來，並將袋子裡其他速食店和便利商店換來的小玩具、遙控車、布偶全倒出來亮相，殷勤地向她解釋玩舊玩具的好處。「比如說呀，我們如果買了新的娃娃還要拆包裝，很麻煩的。」顯然這說法一點說服力也沒有，反而讓家惠覺得爺爺怎麼可以為了不幫她買玩具而「硬拗」？

　　金色的燄火在數字「十八」的粉紅色蠟燭上閃跳著，燭影投射在蛋糕上像陣陣湧動的黑潮，讓四周的靜物看起來並不平靜了呀，奶奶想吹熄它卻被爺爺阻止，因為這種燭蕊並不長，就讓它多燒幾秒鐘吧，會自動熄滅的。

　　時光倒回三十多年前。

　　爺爺穿著白色的短袖汗衫盤腿坐在客廳的地板上，窗外傳來的是夏夜熱鬧的蟬鳴，和他對坐在象棋盤前面是六歲的兒子克強，他一會兒趴在冰涼的地上打呵欠，一會兒仰躺著，屈伸他那結實的小腿拍打地上製造聲響。

　　「你要仔細看，我教你走『這一步』呀！」爺爺移動了「兵」。

　　克強搖擺著頭哼起歌來，爺爺立即將手中的棋一丟，怒斥道：「你這是什麼態度？我花時間教你，竟還不認真！」

　　克強被父親突如其來的惱怒給嚇了一跳，他呆坐在原地想不明白，自己並沒有排斥呀，有什麼天大的理由要對他發兇？他只想放鬆心情享受與父親相處的時光，並非故意不學，因為一旦太專注在這棋子上，美妙的感覺就會沖淡呀！

「可以以後嗎？別這麼快教我一板一眼看這個世界，時候未到。」克強的心底應該是這麼吶喊，只是他無法形容。

一籌莫展看著父親離去，他將不滿情緒轉嫁，一腳踢亂棋盤上的棋——原來這種無心的放鬆需要被這樣生氣！「都是這『東西』害我被爸爸罵，如果這些棋子沒被發明出來，爸爸就不會這樣對我了！

「克強『在』的時候我不懂得溝通，等到我學會放下身段時卻出現另一個我沒學會的事情干擾我——那就是『貧窮』。

爺爺認為自己已沒有多少年歲可以解決貧窮這件事了，為家惠盡了最大的努力改進自己、改進環境。「但我再一次失敗了。」爺爺用筷子把滴在蛋糕上的蠟小心翼翼夾掉。

這棟房子很早以前就已經不屬於他們的了，即使擁有三層樓的使用權，但是爺爺的醫療費、奶奶年邁有一天沒一天地作生意，在在提醒著這個家已經是屬於銀行的了，家惠是擁有機會的人，不該被綁在這裡，爺爺知道目前的生活在台灣並不算好，至少對家惠不適合，因為人民的水平在哪兒，身為社會的一份子就不會希望自己往水平以下走……

不過話又說回來，台灣的日子再怎麼苦，比起爺爺在大陸那段逃亡的歲月還是擁有太多，這裡至少有得吃，有屋住，這樣就足夠活命了，但家惠要的還有什麼？就像是侵略國的百性已經豐衣足食，掌權者卻還要更多的土地和奴役，對「存活」下來這件事有急迫性嗎？釋出的代價也可有更理想的回報？家惠要的不僅超出這個家可以給的，也超出她自己能力可以辦到的太多，爺爺要如何才能讓孫女知道，其實，活著就是一種珍貴的獲得，追求過多，容易錯看生命的本質啊！

燭芯燒到了根部，融化的蠟液流淌而下，火越來越小，最後熄滅，客廳一片黑暗，燭蕊發出微弱的焦味讓爺爺腦中的電子訊號將意識瞬間拉到那無涯無際的戰場，不用鼻子聞，用身上的毛細孔都能感受炮火攻擊後屍體被焚燒的味道，那氣味更雜、更臭，它們不像屠宰場裡乾淨的屍體經過水洗、放血、除毛才送到食品加工廠進行料理加工，而是在充滿煙硝與泥沙，甚至下著雨的地方直接進行灼燒，將汗水、淚水、血水以及糞便、尿液、毛髮、棉、麻，或許還有相紙和乳膠、鋁、鎂……等一無所悉的金屬混合著玻璃，塑膠、皮革，全部能吃與不能吃的東西一起加熱，成為實驗室外最沒有貢獻的合成物之一！

室內燈亮了，這是一個寧靜的客廳，只有奶奶蹣跚的腳步聲和打開電源的清脆聲。

「記恨並不能讓我得到任何補償，只會使我失去更多。」

爺爺心裡翻攪著這話。如果戰爭是惡魔為人類製造的地獄，那麼記恨與偏執便是地獄大門外所留下的路引，探尋這路跡的人必將自己帶入那裡，成為禁錮心靈的奉行者。

但爺爺是真的不明白，在他懂得將忿恨想像成具體的物品而將之「丟棄」，靠著自己開創的信念（家人）好好的活下去時，另一扇隱形在人間裡的地獄之門竟無聲無息地大開，將他重新建立起來的希望全部吸走，徒留一種空洞，這是一種比戕害還要令人感到茫然，不知所何，不知何感的境界……

在家惠還在唸小學時，爺爺曾經忙完店裡生意，閒步走到隔壁書局找放學的家惠。

家惠頭綁雙馬尾，背後靠著粉紅色的卡通書包和黃色塑膠水壺，屈膝坐在擺滿文具和各類球具的貨架邊看著日本四格漫畫。

只因入迷，家惠對爺爺的聲音並沒起任何的反應，倒是爺爺發現在書櫃裡有本分析國共戰爭的書籍，縱使知道裡面闡述的是自己熟悉的戰爭，但是他一點也不好奇，因為他就是歷史，歷史是不需要文字來議論的，文字陳述通常不過是真相的千分之一而已。

「家惠呀，」爺爺看著那書的側封說道。「妳想不想知道爺爺是怎麼從大陸來台灣的？」尋根，這才是人類應有的感性。

家惠像是沒聽見似地，仍專注在看漫畫上。

但數十年前，同樣的書局裡，爺爺卻把克強手中的漫畫搶過來，追打著他出去。

雖然不是用眼睛「看」，爺爺仍然將雙眼閉上，選擇不繼續想。

曾經，爺爺試過在兒子瞞著他抽煙的那段日子裡對他說那些並不遙遠的戰爭，目的不是要剝奪他的快樂，而是希望克強多了解一些世界的真相，擴充他的視野，別像隻井底之蛙被自己安逸的錯覺給眈誤了；另一方面也希望他能聽聽自己親身經歷的戰爭而有所觸動，藉此拉近彼此距離。

但他們總無法靜下來好好面對彼此，只有在一次又一次的衝突中增加怨懟和誤會。

「難道你不想了解……我嗎？我何嘗不想提昇自己的精神層次，走出那些狗屁糟糕的過去，用和你一樣樂觀、一樣溫和的態度生活，去貼近你，重拾尊嚴地和你一起過快樂的生活……」

但老天爺卻不事事如此簡單判定，一旦最壞的事發生了，要重新貼近純真，付出的代價恐怕更難以估量；地震比不上彗星撞地球造成的能量波那麼強大而全面性，但和摧毀生靈性命的衝擊卻幾乎沒有差別。

若說近代十來歲的孩子被稱作禁不起風吹雨打的草莓族，那麼在爺爺那一輩人眼中，批評草莓族的這一輩又有多好？沒嚐過或體會戰爭帶來不安的人，看世界的眼光總有偏移，環境不斷養大人類的味口，怎還能夠在太平盛世之中苛責現在的人抗壓性不佳？難道要再無端發起戰事攪爛這個世界，只為一個體悟的機會？那些後輩喊在前輩的眼中不算是痛的「痛苦」時，受創的程度也許可能和前輩曾受過的創痛等級相同，不在外顯的規模大小，而在個人感知上的認定。

雖然一切為時已晚，但家惠至少可以證明我『擺脫』了。克強，你會因此原諒我嗎？我真想你想得緊呀！爺爺心揪著，猶如童年記憶中麻繩鉸得緊的草鞋，嘴上不說，奶奶察覺他酸在眼眶中的淚是因為兒子。

她撐起幾許堅強，用麵包店附贈的白色塑膠刀切一塊蛋糕給丈夫，但兩人最終還是沒吃，只是默默凝視著，任憑蛋糕逐漸走味……

七、

「這是創傷症候群。」心理醫師斬釘截鐵地說。

「從小失親不僅容易造成自我否定，缺乏肢體撫慰和碰觸還會導致冷漠、沒有安全感，也因為成長過程中沒有足以學習的榜樣可以穩定心性，只有在製造混亂當中盡情發洩內心無根和無助的感覺，四處顛沛流離，遇強則弱，遇弱而欺，這些都是性格和行為上產生很大偏移的主要原因。」

「你的意思是，有時候失控亂叫、把東西咬得亂七八糟，都是因為心中有陰影？……就算現在日子過得安定也沒用嗎？」

「容我這麼說吧，我倒覺得現在的日子比起過去，並沒有好到哪裡去，只是換另一種精神虐待的方式罷了。」

Ann 走出動物醫院，懷裡攬的是她的愛犬「寶貝」，不仔細瞧還會以為那嬰兒包裹布裡是個被寵的娃兒。

「妳的狗狗怎麼樣？」待在門口玩手遊的小佳頭抬也不抬地問。

「醫生說我太溺愛牠了，牠需要做長期的心理治療……」Ann 一臉愁容。「但這怎麼說得通？對牠好，牠應該不會想離家出走才對呀！」

「寶貝」被裹得難受，想掙脫下來，卻被 Ann 以地面太髒為由厲聲阻止。

小佳看著這隻貴賓犬身上紫一塊、黃一撮的毛，不禁吐槽起來：「或許牠覺得自己的毛被染得很醜，丟臉到想離家出走吧！」

「喂！」Ann 對小佳使個白眼。

「寶貝」一個月的置裝費少說一萬，Ann怎能忍受這樣付出還被嚴重質疑！

小佳不以為意地繼續「加碼」，對「寶貝」露出同情的眼神並用手指逗弄牠：「喔——寶貝好幸福呦，除了吃山珍海味，還有心理醫生可以看，命好到都要抓狂了……」

「寶貝」突然張口咬了小佳一下，嚇得她差點把昂貴的手機摔到地上，Ann見狀不禁哈哈大笑起來。

「報應。」Ann親了「寶貝」的頭，把牠當襁褓的嬰兒搖了搖，得意極了。

「妳這樣不乖，姐姐就不愛妳囉！」小佳對「寶貝」擺起訓誡的臉色。

就這樣，兩人一狗在騎樓無視旁人地喳喳呼呼起來。

突然間，她們想起事先約好的家惠怎麼過了那麼久還沒來，是不是忘記約定的地點已經改在寵物醫院門口？

「我怎麼知道？」小佳說。「她最近像僵屍一樣，跟她說什麼都愛理不理的，平常就已經愛擺大便臉了，現在的樣子可是比以前臭上一百倍，同樣的話我可不敢對她說第二次。」

「什麼？她現在的臭臉比以前要強一百倍？還好我已經不坐在她旁邊，否則會天天被她的大便味薰得吃不下飯！」Ann一臉慶幸地叫著。

家惠緊咬著唇，站在她們看不見的騎樓樑柱後方，把那些刺耳的話通通聽進去了。

我臭臉？怎麼會？我雖然不會隨時保持微笑，但是我也不隨便擺臉色呀，原來我一直給人這種感覺？如果是真的，那我也不是故意的，她們為什麼不直接告訴我？難道我其實並不受歡迎，只是長得漂亮而已？

「是否受人歡迎」這件事此時此刻讓家惠有別於以往的感受，就像一下子從沉陷的海溝躍上山巔俯瞰萬里闊景那樣，大徹大悟得想哭！

她嘴唇咬得發疼。待會要怎麼面對她們？為了證明她們弄錯了，要把臉上的笑容提高三倍嗎？不，說改就改談何容易，何況是在聽了那麼令人不舒服的話之後，說什麼也太委曲自己……但是她們會這麼說，一定也代表自己洩露太多心中的苦澀了……不行，我要看起來永遠是最快樂、最令人羨慕的，我是家境很好的千金，我不愁沒有玩樂的開銷，不需要表現出消沉、令人同情的模樣！家惠在心裡為自己「打氣」著。

「今天要去哪玩？」

現身的家惠皮笑肉不笑地擺出一付剛到的匆忙模樣，字語裡卻隱含著挫敗和不安。

小佳這才把手機收進包包：「我乾哥約了幾個朋友要去唱歌，泡泡被關在家裡讀書不能出來，今天就我們三個去囉。」

此時，一隻被飼主牽著的大狼犬遠遠朝動物醫院方向來，那狼犬對著「寶貝」狂吠，狼犬的主人似乎無法控制牠的行為，場面顯得有些緊張，Ann 只好抱著發抖的「寶貝」迅速離開，一邊心疼地咋嘴說：「同樣是汪汪叫的狗狗，為什麼就不能好好相處？」

「人即使有共同語言也沒辦法坐下來好好談，何況是狗？」家惠順口說了，心裡頭仍老大不痛快地想發洩一下剛聽見她們批評她的怨氣。

就臭臉到底吧！家惠已經快憋不住了，想學 Nine Ball 時時把笑容貼在臉上，卻因為需要不斷提醒自己反而太過虛偽，這種裝模作樣的機會就讓給這兩個假仙的女生算了，讓她們去和那些別有心機卻還要努力保持紳士風度的男生眉來眼去吧，沒什麼好稀罕的！

「我突然想到家裡還有事，不去了。」

Ann 和小佳一臉毫不意外的表情：又是一個摸不著的決定，呂家惠這位「大小姐」不僅驕傲、古怪，而且還反覆無常，既然不想出門，手機通知一聲就好，等了她半天見了面才說，感覺未免也太故意了吧。算了，她們認為，少一個認識男生的競爭對手也好，反正，基於朋友的立場，至少已經盡了告知出去玩的「義務」，不去是她個人的損失，怪不得人。

「保持笑容，是為了在這個世界留下什麼。」

家惠猶如老太婆細數滿臉皺紋般弓著身，研究鏡子裡青春充滿彈性的臉要怎樣笑才最自然。

該回應奶奶多年來單向的笑容了。

從剛才一進門，家惠就預先把嘴角調整到令人看起來舒服的弧度，就像小時候流鼻血時，在拿到衛生紙之前得仰著頭，表情必須保持木然的模樣，她認為即使假裝愉悅也無仿，只要回到房間再卸下笑容就行，愁苦就留給自己吧，想要時時快樂，也得身邊的人快樂也才能帶給自己快樂呀，雖然這麼想既被動又自私，在家人面前做出一百八十度的改變也實在刻意，但非發自內心卻起碼給別人正面的能量豈不也好？

「我想趁剛上完課印象還很深，先去把課本內容再複習一遍。」

那時一進家門，臉上掛的是笑容沒錯，但家惠彆扭得想找個理由快速脫身，回到房間裝上自己沒有溫度的表情。

我需要時間。她心裡吶喊著，但複習這樣冠冕堂皇的藉口還是讓她坐立難安，明明已經決定做的改變，為什麼還這樣閃閃躲躲？心裡不禁又懊悔起來，那皮笑肉不笑的表情別說奶奶，恐怕連自己看了都覺得可怕⋯⋯

收起鏡子，家惠悄聲下樓，躡手躡腳來到餐桌旁，看著前方正專心看電視新聞的爺爺和奶奶。

電視螢幕閃爍的幅射線像海底會發光的章魚嘴，緩緩舀湯喝的爺爺吞沒在光膜裡，坐在爺爺斜後方的奶奶也像被發亮的章魚足牢牢抓定，不見掙扎。

　　家惠輕輕拿起奶奶為她預留的碗，盛了些白飯，配起桌上的菜吃。

　　奶奶站起轉身想去餐桌舀湯喝，沒料到家惠竟一聲不響地坐在自己身後，嚇得發出叫聲。

　　爺爺回過頭，看到不知有多久沒和他們一起用餐的家惠就這麼坐在餐桌旁，除了意外，也顯得有些手足無措。

　　「我……功課提前複習完了。」語畢，家惠夾了一塊肉放進嘴裡，低頭扒飯。

　　爺爺這才把頭慢慢轉回去，電視裡沒有任何一件時事比起現在看到的畫面還令他感到特別，因為那讓他突然想起克強，想起那個執拗又令他心碎的兒子，猶如化作一朵盛開在雪地裡的大紅花，僅僅只靠鮮艷的顏色就能帶給絕望的人一絲暖意……

八、

一口井，一座坑。

天濛光微之時，越過這個死人坑就安全了！

姜頤看到院子裡有被野狗掘過的坑，忍不住想跳過去⋯⋯

高舉的旗徽是流於表面的摧命符，撒滿生命嘔出的血正往下垂滴，滲入毛細般的石縫中，在裂痕與裂痕之間鑽鑿漫漶出充滿死亡腥氣的版圖，在曠野裡玩弄屍骸的人獸隨時與拿旗的人交換身體，分享屍臭滲入皮膚、鑽入鼻腔直衝腦門的味道。

跳！追兵不見了。

Nine Ball 出現。

這已經不知道是第幾次了，姜頤只要一大清早在院子裡看到 Nine Ball 就緊抓住他不放，喳喳呼呼地說昨晚又「見鬼」。

「是喔？」Nine Ball 聽了姜頤千篇一律的「鬼」話，卻仍表現出洗耳恭聽的專注。

那些被他從戰場送上黃泉的敵人來到安養院門口一一向姜頤顯現，死去的兵有的只要輕輕牽動頸部一絲連結腦袋和身體的表皮，就會讓垂掛在胸前的頭顱落地，有的則是嘴角滲血、滿臉黑污地支著手向姜頤討食不成，便把腹部碗口大的砲傷拉開，將內臟掏出來擱在院子的灌木叢上大快朵頤給他看，將綠葉染似如「聖誕紅」的血滴滴答答滲入土中，被啃得爛爛的腸子則像是纏繞在葉枝間的裝飾燈泡等著被打亮。

「他媽的，我要唱的是反共愛國歌，又不是『聖誕快樂』歌！」

姜頤發現那濺血四處的樣子可真像早年住在眷村裡發生的事嘛，院子裡一地的腸、肝、心……就連從屍體流出來的血竟讓下一季院子裡開的杜鵑美得令人摒息！那個時候的他買了紅色的油漆將反共口號刷寫在院內的磚牆上——「一年準備、二年反攻、三年掃蕩、五年成功」，把家搞得像氣氛森嚴的營區似地，親自宰殺豢養的豬，讓年幼的孩子目睹而飽受驚嚇，做妻子的發誓再也不吃豬肉，當然還包括各種家畜的腸、肝、心……

姜頤無時不刻想讓身邊沒有和他類似經驗的人能體會他的心情，但卻招致更多的反對聲浪，心靈的孤立感讓他開始惱羞！他覺得反對他的人才是與現實脫軌的，自己可是在傳達「重要訊息」吶！什麼是真實人生？不在意他說話的人才是損失、把自己隔離起來的人，活在虛假的世界裡還沾沾自喜！

太陽露出曙光之後便快速高昇起來，水氣散去，院子裡的花草像是「醒」了過來，蒸散出淡淡的清香。

看護將雙腳不良於行的老人家從屋裡推出來曬太陽，其他老人則趁吃早餐前出來對著人類生死無感的太陽打拳、活動筋骨，討求些使自己快樂的維生素 D 延命。

Nine Ball 朝張景年走去，姜頤仍跟在他後頭喋喋不休地說。

「大陸剛開放探親的時候我回過老家一次，窮吶……」

但態度又旋即一轉：「不過他們在破除迷信這方面做得很好，怪力亂神這東西要是不壓制，讓那些走江湖的騙子搞風水、收驚驅邪，那窮得只能天天喝稀粥的老百性恐怕『浪費』了錢還『浪費』掉生命！」

姜頤說得激動萬分，Nine Ball 仍平心靜氣地蹲下身，準備為張景年按摩小腿。

看著 Nine Ball 對自己說的話沒什麼反應，姜頤便又提高嗓門喊道：「你再怎麼照顧、對他好他也不會好轉啦！蠢蛋！」再次自命為揭發真相的使者，姜頤自覺有義務將這事實再對他提醒一遍。

院外榕樹枝輕輕搖動，暗啞的天空溢滿癱瘓空氣的塵粒……人在命運面前的任何展現，只是在顯出多麼無能而已……

Nine Ball 的動作停下來，他低頭注意到自己顫著的拳頭已經握起。

九、

手裡的碎石朝空中擲去，河面產生一個凹洞又撫平。

姜頤接著又說的話迴盪在 Nine Ball 腦中：「**那種老化只會跟著進棺材啦，他可曾認出你是誰？我可從來沒聽過他喊你！**」

太陽隱遁到雲朵後方，整座天空像片巨大的透光薄幕，河岸親水植像淋過一層還沒浸透的水蠟，霧亮亮地，水裡游魚似跳格般，動作與動作之間轉換的小細節全給閃動的波光遮蓋了，恍如破碎殘像。

「這是我唯一能為父親做的事了。」Nine Ball 頹坐在岸邊，雙膝靠肘眺望河水，成為跳格片斷裡隱藏的定格畫面，最後更退格到不能重來的時間之流裡。

「他」在「他」平順如水的生命裡像一葉輕舟，微不足道，但那順水載浮對那輕舟而言卻足以影響生命能否延續，直到遙遠河口上等待渡船的人出現，帶著感恩的心情要重新漱流而上，助它還原清澈。

「我並沒有發現那是一點一滴累積的感覺，現在當我回過頭看，才知道可能的差錯是從哪裡開始……」

印象中十來歲吧，Nine Ball 考試成績沒有達到往年標準而遭父親處以罰跪，照理說這是加重自小就頑皮的處罰才是，但當接下來發生同學挑釁而大打出手之後，Nine Ball 便被歸在「一無是處」的類別——即功課和品行都不好的「壞孩子」當中。

父親的處罰更嚴屬了，桿麵棍搥打外加禁足。

「想當流氓是不是？書讀不好，動手打人倒很行！」

「父親說了重話卻不肯聽我並不嚴重的理由；動手打人是不對，但我真的不知道用「很平常」的溝通方式去對別人，竟會換來這麼嚴重、師長不容的境地……」那時，如果 Nine Ball 身邊的人能讓他明白自己的乖戾是出於不自覺的複製，而非天生壞胚子，那麼 Nine Ball 會覺得自己還有救，似懂非懂的他會充滿信心地修正自己。

Nine Ball 是這麼回頭看的。

「但沒有人替我出頭，所作所為也就更加被嚴格要求了，一丁點的失誤逐一被放大，事事被挑剔的日子取代了喜悅的心情，生命變成吃力又不得不繼續的孤獨旅程……」

「我並沒有再犯啊，我並沒有一再地傷害別人，為什麼還要認為我不長進？我長進是因為我不再犯！」即使只是回到退格的記憶，Nine Ball 仍激動地紅了眼眶。

他在跌跌撞撞的童年之後改掉了打架的習慣，但一切還是太遲，原因在於父親認為 Nine Ball 減少惹事的次數是因為自己嚴厲對待的成果，於是隨著兒子年歲增長，標準自然又提高了，從此父親習慣苛求的臉再也沒有出現過溫柔的線條，只有隨歲月增加的皺紋裡摻雜了幾道如食骨鬼般的駭人刀痕。

「如果現在不過我想過的生活，我以後如何能自由發展？」高中時期的 Nine Ball 不顧母親在身後呼喊——那是他決心要離家的時候，摧了油門騎車揚長而去。

「我並非刻意要將父子關係弄到這般境地呀，如果時光能夠倒流，我一定……一定……一……定……」我一定不會賭氣，因為我要重新了解他，我就不會……」

Nine Ball 想大聲說出心中懊悔的話，腦子卻被離家時轟轟的引擎聲堵死，他抬頭想直視太陽卻徒勞無功，只能接受刺眼的強光紮紮實實地干擾，於是他只能做一個無法改變，卻可以讓太陽不存在的動作──闔上自己的雙眼，將整個天空「關上」。

　　原本，我只是星雲中誕生的塵埃，在美麗的恆星之光裡輕巧游移和翻滾，是無中生有也算其來有自地飄流著，眼界如幕一場場揭開，星海猶如萬花筒中的七彩亮點，繁不及感受，有些星星是孤單的，有些以成雙成群的姿態聚在一起繞著，它們迴旋又迴旋，一個轉身又是一次面對面的相遇，時近也時遠，有時我遮了你的光，有時你拉了我的引……
　　我見識過兩顆分離遙遠的星（心）因為無形的引力讓它們一次又一次靠近，只為一年一度的相會，是什麼樣的情感意念決定了這樣一廂情願的浪漫？我帶著一種嚮往、一種渴望出發，想在用愛編織的世界裡找到落腳之處，不再在寂寥的宇宙中繼續流浪……

　　和諧的律動、與我契合的傾角、相重疊的平均值……突然，一種軌道偏心率和交點的精準深深吸住了我，我幾乎可以不用任何力氣就能靠近──在一片紗狀的星雲之外。

　　他們在無數人製造的軌跡中創出屬於他們獨特的「刻痕」，即使身邊引力交錯紊亂，磁性有強有弱，黑洞般深不可測的陷阱，善意的、惡意的各種射線都干擾不了他們，就連璀璨的星子都甘願化作五顏六色的寶石，讓引力串成一條星羅棋布的項鍊，在她頸上隨著每一個細微的呼吸而閃閃發亮，釋出強弱不一的光芒，有的耀眼、有的內斂，就像雙人舞滑行時疾時緩，抑揚頓挫，姿態之優美無人可比擬，或許是兩人濃烈的熱情融了地上的冰，一個轉彎險些重心不穩，他扶住她的腰，為了不讓彼此雙雙倒下，他們前胸貼在一起，像突受遠方崩解的超新星釋放出來的震波扭了一下，站定。他的鼻息大力地換氣，她仰著頭感受到他呼出的溫熱感，如同被一顆溫暖的恆星包覆……醉了，那含了酒精般的水

氣貼平、滲入在她的臉頰，只想沉沉睡倒在他懷裡。

冰場上紊亂的輪跡一圈圈疊著，現場播放的熱門音樂在他倆耳裡卻顯得如此慢調，浪漫的賀爾蒙在加速分泌，貼近的兩顆星上的物質在對流著，忙碌地交換彼此的信息———只讓對方知道自己獨一無二氣味的秘密。

越貼越緊。

她已無法直視他足以融化她的火熱目光，不只是她，他的唇同樣發出情怯的顫動，他的鼻尖滑過她羞透的紅頰，順著下頜，停在她頸間凹處，用力吸取她身上的氣味，想就此抑住此刻要把她完全佔有的衝動；先抱緊吧，就讓這一刻成為生命的印記，印在星空中，成為永恆不滅的雙星，如果其中一方因為未知的巨大引力而破壞兩人已架設好的軌道，另一方一定要毫不猶豫地跟上，即使最後雙雙被不可抗的力量吞沒也要堅持相守，就算被撞擊粉碎也一無所懼，化做塵埃飄逝也不改初衷……

但在成為塵埃之前，可否給我一點具體的回應？是你們將塵埃般的我從星星誕生的地方牽引出來，我願順著你們創造出來的步跡當個小跟班，盡我最大的努力跟著你們轉，即使我很不起眼、很渺小，但只要跟在你們步子後面就會感到心安……但你們何其殘忍在我未能獨當一面的時候就化為塵埃，獨留我在你們的光跡裡摸索，而你們留下的軌跡越來越模糊，我能遵守方位的誤差也越來越大，幾乎要被周圍擾亂的引力給拉走，除了不安，我還害怕終有一天再也感受不到你們留下的獨特角度而迷失在浩瀚的宇宙中……

淚水如彗星橫跨天際，順著頰弧滑行，來到上一滴淚最後停留的位置，滴在家惠手中褪色的照片上。

你們在哪裡繼續滑步呢？為什麼我沒有機會跟你們一起創造軌跡？

那是出生才沒幾天，被育兒巾包裹的家惠和母親躺在床上，兩人緊貼著臉對鏡頭笑的照片，母親是個年輕、散發著靈動氣息的美人，即使產後豐腴卻未減她的美麗，笑容裡充滿初為人母的幸福，也可以看出她溫柔深情的目光也對著拍照的攝影師——父親為她們記錄這動人的一刻。

她摸著當年與母親在照片裡緊貼著臉的腮幫子，想像和母親肌膚之親的滋味，暖暖熱熱的吧……為什麼什麼也記不起來呢？家惠恨不得在脫出產道的那一刻就擁有清晰的記憶，更別說在這麼甜美的時候了，父母親圍繞身旁，那是多少個夜裡心所嚮往的天倫體驗啊！

「家惠來，笑一個。」父親把家惠的臉塞滿鏡頭，按下快門，為她照了一張獨照。

那天的狀況應該就是這樣吧，所以奶奶那裡有好幾張家惠的嬰兒獨照，偶有母親入鏡，卻獨缺父親。

家惠拿起父親十五歲的國中畢業照，那是她唯一擁有的父照，她把母親與她的合照和父親的照片並排在桌上……

來個全家福怎麼樣？她突然從感傷的思念中跳脫出來。對呀，雖然沒有全家福的照片，但是可以自己做啊！

她抹去臉上的淚水，開始在電腦前忙碌起來。翻拍、傳輸、剪貼合成、修邊……完成了屬於她的「全家福」。

父親的黑白照極不自然地融合在兩個「彩色」的人裡面，看起來有點像是雜誌報導，照片裡三個人的關係也不像親子，倒像是手足——在這個沒有順序的時空裡。

家惠為自己實現了目睹一家三口「在一起」的願望，雖然只是在虛擬的空間中，但這已足夠讓她想像和享受很久了。

她把它貼在自己的社群網站首頁。

　　向來，除了放一些滿意的自拍照，她並不喜歡在網路世界裡分享自己的心情……承認吧，滿腦子都是錢有什麼好說？「網路只是用來認識有錢人的工具，要認識真正的我，就得花錢讓我成為我想成為的人，否則說再多也都不是我。」

　　但現在，家惠並不介意讓別人看見這張奇怪的相片了，也不介意有人問起相片人物的心碎故事，因為她覺得自己的信心正在擴張，被人發現她不是有錢人家的孩子也沒有關係，生死議題也不再是禁忌。

　　或許是一連串的打擊讓家惠矯飾的硬皮被漸漸軟化——在乎自己直接的感受比起勞碌地掩飾來得更加舒坦，這正是她現在深具信心的體悟。

　　既然人不會為無法出生的人傷心，那麼，為走入死亡的人傷心，是否就顯得多餘？家惠持續思考著。

　　那天，從「製造」大悲劇的電影院走出來，面著象徵希望和富足的摩天大樓眨眨眼，剛才為虛擬世界流的淚很快便乾了，女孩們繼續談笑風生地把原本嚥不下去的爆米花吃完，方才在戲院和其他觀眾一道經歷和現實世界相反的威脅已經消散。

　　時空交錯的發生並非科幻情節，那是情感深處受到波動、導致可能影響淺層意識決定成為無法否定的事實，在我們四周悄悄改變著世界，而「死亡」這個四海皆同的意念更是牢扣真實層面所有的一切，未曾遠離；和朋友逛街製造高消費力的假象，無疑是為了生存競爭，誰能佔有的越多，就越能擁有這個世界越久似地，家惠才會陷入，用這方式沖淡「死亡」這種令人不快的存在而感到快意。

　　如果能被麻痺，誰願意面對傷心的真相？

很多事情常常在我們認為「這麼做就對了」的時候，潛藏的複雜性反而會教人難以預估。

朋友的談笑聲高昂而激烈，倚窗望外的她越是覺得無處可逃，長長的吸管把泡在咖啡裡有著鑽石般折射率的冰塊攪得鏘鏘作響，原來那些創造出來的快樂、豐富的物質世界是用來逃避對死亡的困惑呀，她啜了一口微甜的咖啡，口腔的溫度驟降……好冰。

Nine Ball 或許將他自己當作一顆不起眼的石頭吧，她又想起了他。

在礦脈裡和其他岩石一同接受日照雨刷，也不願意成為待價而沽的商品——被獨立在滿是投射燈的玻璃櫃裡閃著奪目的光芒供人崇拜，捨棄得來不費工夫的天生好條件，在一個不容易被發現的地方發光，並且讓那個地方也發光，或許他抵擋過比自己遇到的更多誘惑，也面對過更難熬的日子，經歷更天人交戰的掙扎，終將才能把身段練得那麼軟，充滿耿介拔俗的虛懷？

但追求物質的執迷就像被實驗的動物重覆接受指令那般，直到做出不經思索的動作那麼深刻，而那深刻要到達穿心腸裂的程度，還需要用很多很多東西來黏合填補才行……

想見他了？當然，家惠知道自己心境上開始有了轉變，在經歷那次險些無法回頭的危機之後，才稍稍懂得用 Nine Ball 的角度看事情，包括他是如何看自己，她想像自己在他眼底的模樣而羞愧得無以復加，就像人類第一次用顯微鏡發現細菌所受到的震撼一樣，霎時明白長期以來生物罹病的真相，但另一方面卻衍生出更多疑惑，問題沒有減少，反而增多；她重新定義自己，覺得現在稍加體會 Nine Ball 的想法，卻也因此知道自己離 Nine Ball 的「等級」原來這麼遙遠。

是小學畢業典禮那天，在歡送了學長學姐畢業以後，家惠嘴裡含著糖果朝家的方向走，經過文具店進去閒晃。

那間精緻的文具店是小學生最愛光顧的地方，除了新潮文具、琳瑯滿目的玩具和藝品更是引人側目，女生愛的亮晶晶小物，男生要的戰鬥卡片等不一而足，但家惠卻在眾多商品中與一隻墨綠色的青蛙布偶發生了美麗的邂逅；這裡擺放的布偶是手工製造的，所以每隻出廠的「長相」都略有不同，同種的動物，有些眼睛縫得近些，看起來就有深思的模樣，眉間寬一些表情就顯天真，嘴角的弧度若稍斜，看起來就多幾分奸詐樣，所以這裡的布偶都在觀者的聯想下有了不同的個性，而家惠看上的這隻青蛙則是因為綠色的毛布沒有按照同一方向拼接而顯得特別，像是在峽谷中被伏地而竄的狂風吹得逆毛，加上表情看似「無辜」，令人充滿幽默的想像。

這青蛙玩偶原本有三隻的，和一堆獅子、長頸鹿、烏龜等混在同一層貨架上，家惠為了防止那隻她喜歡的青蛙被買走，每一次去抱抱它之後都會將它塞回不易發現的角落，並用很多玩偶壓緊，好延長「擁有」它的時間。

她的策略奏效了，貨架上的布偶逐一減少，就連另外兩隻青蛙被賣掉之後，那隻「逆毛」的青蛙還在，靜靜待在只有她知道的地方。

但是今天，一個態度驕橫，穿著粉紅紗洋裝的小女生拉著媽媽要買那隻逆毛的小青蛙。家惠心裡充滿焦慮和緊張：那隻可愛的小青蛙怎麼被翻出來了？它是我的呀，希望她媽媽不要答應買給她才好，拜託……家惠在心裡祈禱著。

那女孩的母親不願意，女孩便要脅再也不上鋼琴課，也不再和母親出國過年，她的媽媽被吵得沒法子，縱使給她女兒的玩具已多如麻也只好退而求其次，象徵性地要求她以後早上上學不要賴床，如果能維持一個星期不遲到就買給他。

一個星期！家惠知道，她要在一個星期之內突然擁有好幾百元（來買）是不可能的，難道就只能眼睜睜看著一個星期之後被那個女生買走嗎？自己難道只能祈禱奇蹟發生，希望那個嬌生慣養、禮物收到令人嫉妒到爆的女生不要達到目標，繼續遲到下去嗎？

就在一個星期之後，家惠去探望「屬於」她的青蛙時，在一堆玩偶中果然已遍尋不著了。

可惡！這是不公平的競爭！那個女生有她媽媽幫她出錢而我沒有！那隻青蛙是我用多少感情愛護的寶貝，對那個女生卻只不過是多日以後增加在垃圾桶裡的廢棄物罷了！

她坐在文具店門口的水泥階梯上足足哭了一下午，揪了個把月的不甘心讓她一輩子也忘不了。

遠處滾來一顆黃澄澄的柳丁，停在文具店門口的水泥階旁，一隻猶似浮滿水母半透明觸角的手將它撿起來。

家惠揹著書包正要回家，不止一顆，第二顆柳丁滾得更遠，來到她腳邊，她回頭張望，一名傴婦把破了洞的環保袋放在文具店門口的階梯上，彎身撿拾一地就像從兒童球池裡濺出來鮮黃色塑膠球般的柳丁。

老婦狼狽地坐在那階梯，整理提得滿手的大包小包，將破洞袋子裡的東西裝到另一個袋子裡。家惠拾起腳邊的柳丁朝她走去，老婦見狀開口向她道謝。

家惠原本想給了柳丁就走，可是老婦話匣子一開就停不了，像是久違重逢的老鄰居，難得見面就要和她聊上三天三夜似地。

「我剛彎腰撿柳丁的時候聽見自己的骨頭像是甘蔗劈開『啪啦』好大一聲！還好有妳幫我，妳長得漂亮，心地又這樣好，真是不錯。」

老婦除了稱讚家惠是熱心助人的好女孩，還說要分送她柳丁，家惠自是敬謝不敏，她想到 Ann 她們若是遇到這種情況，必定會當著老婦的面輕嘲一番，但她做不到，因為她會想起和她相依為命的爺爺和奶奶。

老人家接著又滔滔不絕地說起女兒和外孫要回娘家的事，等一會兒要準備什麼菜色迎接他們，又打了什麼顏色的小背心要給圓嘟嘟的外孫穿，說他學爬學坐漸漸長大是何其令人喜悅的事。

家惠心想，那老婦自己呢？別人的成長是喜悅，但她可是一年一年地衰老下去呀。

「妳……」家惠才說了一個字就後悔地閉上嘴巴，怕問題傷了老人家的心。

老婦鼓勵她說出來，表示沒什麼話算得上是禁忌。

「妳曾經為年紀大了而傷心嗎？」

老婦笑了：「小美人啊，每個人都有一次年輕的機會，妳一次我也一次，很公平，所以沒什麼好傷心的。」她表示熬了那麼久也走到耄耋之年，反而高興該經歷的階段都快走完了，而後生晚輩才剛開始要經歷她所經歷的，要花好長一段時間才會懂她所懂，而且最終也會和她一樣明白生命的輪廓，雖然比她晚些，但一樣都會離開這個世界。「我只是比較早走完全程而已。」

進步只不過是人類羣起競爭的結果，與實踐做人的道理並沒有絕對關係，家惠突然發現同情老人家「無法在體能最黃金的時期享受現在的進步與文明」無疑是搞錯方向，人只是在生命的進程裡做好自己命定的事，並努力將愛延續下去；花被摘了，仍會再長，死亡的只是一部份的美麗，只要還有根，植物會繼續它未完的生命，就連善於斷尾玩弄心機的蜥蜴也會在進行欺騙死亡的遊戲之後繼續活著，曇花開謝歷程看似雖短，卻因曾絢爛而圓滿，蜉蝣的生命和烏龜並無差別，沒有錯失屬於自己該體驗的一切，那麼何來短暫？何來缺憾？

家惠突然明白，世界萬物多樣性，生姿百態個有不同，「文明」不過是幻象拿出來被檢視的考卷而已，既看不見是否理解答案的意思，也無從證實答案是否為作弊而來，只有檢視文明的「生」「死」知道。

「考卷」往後繼續傳遞。

人活得太匆匆，制式化的意識形態卻一直阻礙人類朝向一個從容的生命歷程邁進，「學問」這種人類發明的集體學習行為也流於形式，帶來一波又一波災難，它絕對是戰爭培養的支線，要以「進步」為耳目，正當性地發動一場又一場天倫夢碎的好戲，讓求「嚴」（並不求好）心切的父母體會將兒女送入火坑的感受；集體的精神虐待、恐嚇未來、甚至利用肉體折磨來達到人性黑暗面的教育……做學問非得付出如此的代價嗎？人既然是為愛而存在，那麼命定就是和諧相處，智慧是從生活點點滴滴精粹出來的，只要用心體會都是學問，何以要淪為制式？未到死時心先死，該有的生命歷程一段又一段崩解，比起突然受到「覃狀菇」的能量波而皮掀肉綻、缺塊臉、少顆頭、捧著眼珠子四處求助的核災民有什麼差別？

家惠在寫完的歷史考卷上畫了一顆圓圓的柳丁，想著那位開朗的老婦，又畫了一個圓圓的饅頭在旁邊，想起 Nine Ball 說過的話……該是調整人生比重的時候了，爺爺揉麵糰的記憶已經比前陣子在街上看到有人戴一只新潮的罩式耳機還來得令她耿耿於懷，她想知道 Nine Ball 在咀嚼奶奶延續爺爺手法做出來的饅頭是什麼樣的感覺，她渴望像他嚐出那種樸實深奧的滋味，來填補物質怎麼也填不滿的空洞。於是她開始早起，在奶奶能夠開店的日子裡盡可能地幫忙，舉凡事前的所有準備工作，到替客人端餐找錢，直到快錯過上學時間才揹起書包出門。

街坊鄰居看見家惠如此勤奮，紛紛向奶奶發出溢美之詞。

奶奶眉頭舒展地笑著：「對呀，我們家惠讀書認真又很乖，從來不讓我擔心……」雖然她腦子裡閃過孫女從警局走回家那付心驚害怕的模樣，卻仍然不減對家惠的信任。

朋友們邀約出遊已不再讓家惠心癢難耐，拜科技所賜，她有為了省錢而不起人疑竇的藉口——對線上某個遊戲突然著迷所以整天不出門。

僅管這樣，還是有雙溫柔的眼睛看穿她的想法，在家惠網誌的動態更新上，在不夥同朋友晃蕩而選擇直接回家的路上，原本輕蔑不屑的眼神重新燃起了熱烈的關注，在她身後亦步亦趨地。

是那天家惠對柳丁滾了一地的老婦伸出援手的善舉被看到了。

他覺得她如同竄出極地海域的熱泉，一種足以影響周邊的暖波，是那麼篤定，篤定在她願意付出的心意，不是為了給誰看，柔軟身段只是她過去刻意隱藏的另一面似的。

於是他們在網路上交談起來，先從家惠合成的全家福開始聊起。

十、

　　虛弱的花苞被玻璃瓶口托著，彷彿停止了思考。到此為止，再沒有人可以將它最燦爛的一刻永久保存下來，只能任憑凋零，以黯淡的模樣結束生命。

　　四坪大的房間裡堆著待處理的私人用品。

　　一疊又一疊電信局厚重的電話簿從床底下翻出來，擺在白色的被褥上攤開，裡面是五顏六色的押花——這是看護員提醒家屬不要遺漏的東西。

　　芝蘭向來是院友之中房間最簡潔也最有序的一個，照理說整理起來應該比較輕鬆，但看在她兒子眼裡，卻有如置身被數位化的叢林，看不見的資訊多到令人無法消化，沉重得無法拆解。

　　他知道母親向來深入簡出，喜歡分享卻不習慣麻煩別人；平日她只托採買日用品的看護順道在老相館裡買些吸水的石灰和棉紙製作押花，以簡化製作工序。她將適合的花片製成書籤，或包膜貼石頭做成文鎮送人，收到禮物的老人家沒一個不讚嘆它的精巧美麗；同時，她也為了回報安養院，想做一幅報紙展開大小的掛圖，耐心等待堤防每一季盛開的花朵，慢慢累積數量，精挑細選……但現在卻等不齊採收所有的花，就過世了。

　　芝蘭的兒子從地球另一端蓄著滿滿的淚一路經過雲端又降下落地，身上就像有淋不完的雨，溼著臉也溼著他的心。

他坐在床沿檢視其他的書冊，確保裡面沒有任何一片花、一枝草遺留下來，他要通通帶走——細數母親在這裡生活的證明。

但就在他翻到一本看起來芝蘭不可能感興趣的工商雜誌時，發現內頁夾的是鮮黃色的黃鵪菜，竟再次忍不住放聲痛哭！

「為什麼要逞強？難道不想離開台灣只是不願為我添麻煩的藉口？明明那麼思念我，還是不肯搬到美國和我一起住？」

「兒子啊，媽媽喜歡作押花是因為你三歲的時候在家門前摘了一朵黃鵪菜送我，那時候我好感動呀，好想把這份禮物永久的保存下來，才學了押花，愛上押花的。」

客廳堆滿大大小小的行李，即將遠赴國外工作的兒子手裡拿的是母親做的押花文鎮，試圖想像芝蘭方才說的那段遙遠的記憶。

雖說花會謝，也無法長久保留，但是女人收到花的喜悅仍不是任何無生命禮物所能比擬的。

他看起來並不想把手中的文鎮帶出國。「妳不再考慮一下嗎？」一旦把那東西放進行李，就代表往後只能睹物思母了。

「哎，別把我當小孩子看囉，台灣的醫療不比美國差，況且你是要去工作的，到時候我有什麼突發狀況還得為我三天兩頭往醫院跑，那怎麼妥當？」

「我就說了，如果同樣要往醫院跑，我寧可妳在我看得到的地方，這樣我才會比較安心。」

「噯喲，怕給你添麻煩是客氣話，事實上我想和同樣年紀的老人家一起過沒有緊張感的生活才是真的啦，別逼我把實情說出來尷尬嘛，和你老爸一樣囉嗦可不好呀！」芝蘭對著兒子擺出好氣又好笑的表情。

他霎時住了口。只要一把「父親」搬出來說，母子倆的話題通常就能結束了；那年代，不意外地，和多數女人一樣，芝蘭早早就嫁人了，在丈夫軍令如山的生活中渡過了幾十年，雖不構成精神虐待，但也算是如履薄冰，步步為營，一切以丈夫的思想為中心，未曾把自己的需求放在前面。

直到兒子唸碩士那年，丈夫因為心臟疾病驟然辭世，芝蘭才體會到「自由」的感覺，她不再只和拖把菜鍋為伍，她可以穿上顏色鮮艷一點的衣服，用品味藝術的自在遊走在大大小小國際展場中豐富她饑弱的生活，她的生命才像是久逢甘霖的垂葉重新挺直，當然，押花的製作也是從那時候才開始動手學習的。

芝蘭的兒子知道不能重蹈父親喜歡控制人的覆轍，尤其是對他原本就很有創造力和生命熱力的母親，她一生為丈夫、為孩子喪失太多屬於自己的自由了，他必須停止去影響她……就尊重她不想改變現況的決定吧。

但這朵夾在工商雜誌裡的花片又算什麼？在這左右兩頁的報導中講的是他美國公司的經營權之爭，令人心焦的話題，對職場角力、商場惡鬥向來一無所悉的母親無非是出於關心，又把自己帶入桌兀不安和擔憂之中……

他泣不成聲。

再怎麼想都遲了，沒能趕上見母親最後一面——人們往往面臨至愛未能伴離同樣的遺憾也發生在芝蘭的兒子身上。「為什麼好不容易得到了自由，卻還要指使自己的心去擔憂、去操煩呢？」

芝蘭這一生雖然為自己留下的時間並不多，但為她愛的人分憂、牽掛卻也是甘之如飴的事，就像為了有鮮美多汁的水果可以享用就必須費心栽種，同樣是為了自己，所以在她的認知裡並沒有誰為誰而活，只有「選擇」在影響結果，怨不得人。

***Nine Ball* 在芝蘭的額上輕輕一吻，她虛弱得無法說出任何一個字，**

只是透過 Nine Ball 送別，也不那麼恐懼了。

　　在夜裡針扎般的痛苦之後，她靜靜離開人世，為不影響其他老人家的心情，趁著忙碌早餐開始之前，院方就請救護車將芝蘭的遺體載走，並通知她唯一的兒子從美國回來善後。

　　院友們聚到院子為芝蘭默哀，任憑她兒子在房裡獨自宣洩心中的痛苦，老人家們不敢聽不只是怕掉淚，也怕那氛圍會加速把自己拉近死亡的終點。

　　太陽更加熾烈了，蟬如轟炸機般的鳴聲是催著夏季的腳步得加快，別賴著烘焦這一季鮮美的顏色，乾枯可是秋天的專利哪！地上勤奮翻動的螞蟻忙著要儲物過冬地發出極微小、事實上卻很大的支解敵人的聲音，越顯得安養院的前庭更出奇安靜。
　　Nine Ball 走到院外門口的榕樹前撫摸那粗糙堅韌的樹幹。赤腳的他就像行遊在幽暗的海底，感受巨大沉默的力量透過自己身體，被千萬點螢光微生物簇擁形成自體發光的模樣，披著光圈，要為芝蘭再走一遍採花的路徑。

　　他路過河堤，風變大了，烏雲霎時往河岸聚集，原本明亮的天空只剩下雲層吸收的光線把 Nine Ball 穿的白襯衫染「色」，並叫那風拉扯他的薄衫要他知道它能夠主宰所及的一切，但也有無法周全的遺憾似地。

　　原本坐在堤防想事情的家惠看見 Nine Ball 遠遠走來，她並無預期會與他碰面，神情顯得有些緊張。
　　家惠站起身，發現他赤著腳，但是卻不覺得到奇怪，反而感覺這樣更符合 Nine Ball 的個性，不受約束，怡心自在地……她定定看著，然後覺得他似乎有話要對自己說。

　　「妳可曾有『妳』在借用『這個自己』的感覺？一種妳在操縱這項『工具』而能在這個世界自由移動的感恩之情？」

　　Nine Ball 順風而來的聲音像從另一個世界劃過臭氧層和光波的干擾，也被許多人造無線電波截斷又恢復的音波，飄呼呼地傳進家惠耳裡。

　　話問得突然，卻也說得自然。

　　雖然短期沒有再見 Nine Ball 的打算，但是能夠在巧遇之下相會，家惠還是有說不出的高興，他一碰面就用這麼獨特的話做開場白，不僅覺得不突兀，反而別有一種難以形容的踏實。

　　Nine Ball 說起今日送走院友（芝蘭）的事，心有無限感觸；老人家的感受比起孩子更容易被忽略，他們心底一定如外表那般平靜無波嗎？凡事一定圓滑嗎？年輕時會犯的錯或許到老仍然會繼續下去，所以會衝動的不只年輕人，老人家也會，只是老人家衝動並非因為血氣方剛，而是日積月累的心情，他們已沒有充沛的體能可以釋放壓力，也沒有被等閒視之的環境讓他們可以和一般人去追求心底的夢想，他們只是漸漸地只在意別人的事，忽略自己的無能為力，就讓「錯過」去「錯過」……

　　年輕人要體諒老年人擁有創痛的過去可能導致對某些事物的偏執；而老人家也要寬諒孩子們沒有經歷過的波折，亦即年歲的累積不夠，所以無知。

　　聽了 Nine Ball 的話，家惠想起自己如何在爺爺奶奶的期許中長大，她又是如何從只在意自己的事轉變到開始注意他們的一舉一動——爺爺夜裡原本微弱的嘆息聲如今可以躍過一層樓的距離，在她耳裡成為巨響。人不是制式化的機械，個人轉變的同時，身邊的人也在轉變，世界在轉變，宇宙的密度也在擴張中轉變，時時調整思想和作法順應時局變化，也設法讓自己不向毀滅的方向而去……而協助靈魂轉變的肉體絕對功不可沒，身為感應外界的媒介，因為存在，所以有了真實感：父母無私的愛，社會無情拒絕和打擊直至學會堅強，深夜走在雨中體會冷靜獨處的珍貴，看著愛慕的人投向他人懷抱的了然，燦爛奪目的斜陽，撒滿黑夜如碎鑽般的星空，茂密展如天蓬的森林，流水淙淙，游魚如織，無邊無際的大海、絲般裹地的沙漠、冰造雪白的極地結界……對大自然的感動到映照自我存在的渺小，覺得生命得來更加不易，是否更應該用愛來回報自己的肉體，珍惜自己，感激自己盡了全力在這世上走一遭？

Nine Ball 的父親曾對幼小的他說過，男子漢要頂天立地正大光明，做事盡力認真，飯可以不吃，書卻不能不讀，要有文人的風骨，勤勞和志氣。但是家惠的爺爺卻不只一次讓家惠覺得人只要能求溫飽便足夠，不是所有的人都該如此，而是他們沒有資格求。

頂天立地與我何干？天要風雲變色，我只能奔尋遮掩的地方順應天雷驟雨的任性；地要慽動，我只能坦然在毫無遮掩的地方順應地動山搖的火爆脾氣。我除了選擇天地間一隙可安身的地方，還需要什麼理由去議論允許我活下來的「天地」？感激盡全力走一遭人世就是我的能力展現，一切只是要活著而已，天地對我有恩，卻不會拉我一把，這就是事實，一如宇宙中星球的運轉比起白天黑夜切換的意念還要貼近真相——只有一個的真相。

一架直昇機發出隆隆巨響自上空飛過，打斷了家惠的思緒。

她用手撥開被風吹亂的髮絲，望著那架飛遠的直昇機，它執行的任務是什麼呢？地面上的人永遠也不會知道往地面飽覽全景的駕駛員的真面目，但那駕駛卻能綜觀所有，隨意移動方位，掌握俯瞰所有的一切。

無需憂慮。飛機總有油耗盡的時候，裡面的人總會有回到地面的一天，家惠的爺爺抱著兩歲的她在空曠處抬頭，迴音蕩揚，他們仰望藍天

裡那個越來越小的黑點，欣賞科技放大自身偉大性帶來的生命保障，為他們這些隨時消失在陽光下的「小黑點」盡一份力，但生命豈是需要這樣無謂的干涉？

我愛我自己，我感激自己盡了全力在這世上走一遭。Nine Ball 說。

是因為你對老人家很好，所以沒有遺憾嗎？家惠問。

從小到大，我總是一刻也沒辦法靜下來，父親不喜歡的事我硬是去幹，等到想要停手回報時，卻為時已晚。Nine Ball 又說。

難道……家惠心想是因為他的父親「過世」了嗎？便覺得不方便再繼續問下去了。

Nine Ball 看得出來家惠猜測的是什麼，便補充道：當然還是有補償的可能，只是不知道有沒有那個機會罷了。

家惠原本同病相憐的心情瞬間轉為染在臉上的一抹孤獨，她替 Nine Ball 高興他的父親仍然健在，但也為自己少一個可以彼此安慰的對象而感到虛空。

「別說補償了。」家惠苦笑著，像是突然置身在看不見邊際的白色空間裡，空無一物的可怕，只有自己和自己的孤獨相處。「就算我想傷父母的心都沒有機會。」

從小，家惠只能在奶奶小心翼翼保存下來的父親遺物中想像父親擁有它們的模樣：幾本字寫得歪七扭八的習字簿、流行音樂卡帶，還有一台被摔壞卻捨不得丟的手提音響……這就是父親留給她的全部；而父親的童年縮影則可以在家中相簿裡找到一些；坐螃蟹車時咬餅乾的可愛模樣、在鄰居兒子喜筵上扒飯驚見鏡頭的趣味表情、猶如圓山動物園大象是他獵到的戰利品，頭仰得彌高，胸鼓得像充飽氣的輪胎，得意地露出白牙比「勝利」手勢與之合照……但是自國中畢業照之後的相片通通在其他地方化做灰了。至於母親，因為留有和自己合影的照片，起碼知道在自己剛出世的時候母親是什麼模樣，但問起奶奶有關她的一切，除了肯定母親是個善良的女人，外婆家的一切自小向來就是禁忌話題，被灌輸那是不值探究的一池險潭。

「他們什麼都不告訴我，」家惠擒著淚，猶如被孤立在海中突起的一根木樁上，四周是一片無涯、什麼也沒有的白色世界，只能定時接受祖父母空投可以延命的食物，卻從來沒想過要把她從那裡帶開。「學那麼多知識有什麼用？我要知道的『知識』，爺爺奶奶卻一點也不讓我知道！」

「要逼我學那些我不想學的知識，將來我就只能做那些我不想做的事！」Nine Ball 扯著嗓門吼叫，他把房門用力甩上，身體則像鉛球般重重拋到床上，趴著，動也不動。

他的心有如狂風暴雨般混亂，眼中閃跳著足以燒斷視神經的火燄，爆粗的紅血絲讓他看起來像極著了魔的喪心鬼，他為自己的未來受到牽制而感到憤怒，他不是不能接受安排，只是無法接受被針鋒相對的人安排，即使有一天發現是令人滿意的安排也不願意領受！

那年，他要的是顯外的追求，是千千萬萬個選項可供他做決定的狀態；而現在家惠要的只是追溯最內化的源頭，是沒有可以改變選擇的真相；一個是把面子延展得如視頻發射器那麼大的在意，另一個則是把湖般寬闊的水膜聚縮到如囊泡般的小小心願，不同的不平之鳴，卻有著相似的吶喊之情。

Nine Ball 感到一股羞愧的麻熱感自肩頭朝脖子爬上來，又刺又癢，他為的是什麼在憤怒？她又為著什麼在悲傷啊！

「他們這麼做是有原因的，別苛責，」Nine Ball 強擺鎮定地說。
「不要因為你照顧過老人家就以為也了解我爺爺奶奶！他們給不了

我要的，我要的他們也不會了解有多重要！」

家惠的呼吸急促起來，緊咬著唇的下巴抖縮著。她在意他們，他們卻不了解自己，只一昧地相信她，一如 Nine Ball 不了解她的爺爺奶奶卻一逕為他們說好話一樣讓她渾身不適，是苛責他們沒錯，但也有更多的自責：背著二老想過多少偏門的賺錢路子，對家道冷漠以待……怎麼想都是爺爺奶奶不歡喜的作為，但這一切竟都因為過於信任又或者是刻意忽略地被默允許了。

說完，家惠把一顆快從眼角掉出來的淚用手揩去，倔強地別過頭。

風突然變大，岸邊的蘆草用勁擺頭。

「我了解，真的。」Nine Ball 再次表現出相信她——即使曾經錯誤卻足以原諒的堅定態度讓家惠的眼睛又酸又熱，這一次來不及攔截，瞬間滑出的淚已被臉頰上的細毛同心協力地抓阻在嘴角，是涼風刺激著神經突觸，還是細胞在釋放如漣漪般的情感波動，讓那顆淚珠像是在微微發抖。

Nine Ball 伸出手將家惠被風吹亂的頭髮別到耳後，並順著把停在她嘴角的淚抹去，柔軟得就像是羽毛掃過，輕得不可思議……

一切來得太過突然，家惠還沒有心理準備接受這樣親密的肢體碰觸就已經發生，那稍縱即逝的興奮感就像載滿所有期待的沖天砲引爆到高空去，還來不及喊一聲「等等」就瞬間化為灰燼。

這到底怎麼回事？只因認為 Nine Ball 是安慰自己所以不作他想，產生不了任何所謂「觸電」般的感覺嗎？

認識 Nine Ball 以來，家惠不止一次對他懷有交往的幻想，雖然考量現實狀況常常發生時機不對而打消念頭，但她仍會忍不住假設若能一起去看電影的話……先不論他或許並不喜歡，Nine Ball 是否有可能會趁著燈光昏暗的時候握住她的手，還是一起享受陽光，在草原上奔跑嘻笑、進行浪漫的雨中漫步、同吃一支霜淇淋、看雲海中的日出……

但 Nine Ball 從沒給她想約她去做這些事的感覺；家惠雖然不曾開口主動約男生出去，但對方如果值得，那麼做也不無可能，只是她對 Nine Ball 有這個念頭卻一直找不到動力——讓他離開安養院，離開這條蜿蜒的河，離開這些屬於她童年成長到如今的地方，好像如果她成功把他約走後，他便再也不會回到這裡，也意味著他不會再出現在她生命中，就像被折了的莖不可能再接回植物的根一樣，花，非死不可。

他的眼神明明閃著憐愛的光芒，甚至輕輕抱住了家惠，她的心卻瞬間湧起更多的疑惑；她對自己的感覺大失所望，期待了那麼久一個男孩子的擁抱，怎麼會只有微慍的幸福感而已？應該不只這樣才對，這些非比尋常的動作絕對會使腎上腺素飆高心跳加速兼盜汗才是，醉暈在五里雲中的感覺就算沒經歷過，起碼也聽人描述過，不可能是睜大著眼，像是出門忘了帶鑰匙卻「不小心」發現家門其實沒上鎖那種理所當然的高興。

因為不夠喜歡他？不，她好喜歡好喜歡，喜歡的等級在任何認識的男生之上，但是他的擁抱觸不到她的「感」，她的「感」也探不到他的溫度，這比起前兩天阿龐在網路上再次邀請她去溜冰——一種先天可能發展出不同關係的「助燃」物似乎被愛神收了起來，悸動的感覺也隨著 Nine Ball 的手滑過她臉頰被擦掉了。

就這樣，兩人沒有再說任何一句話。

風吃吃訕笑，孤邈的幻影反折入雲，映照河裡泡沫般的游魚。家惠轉身，在空曠的堤防上，跑開。

直至深夜，在接過 Ann 為她死去的狗打來啕哭的電話後，家惠才從白天經歷的荒謬感中抽身。

　　掛斷手機，她喝乾書桌上水杯裡剩餘的水準備關燈就寢時，窗外突然傳來空襲般刺耳的沖天炮聲音……什麼時候都能當過年呀。

　　家惠睜大眼躺在床上望著天花板，噪音大得使她無法入睡。直到在一陣詭異的時間差之間，孩童淒厲的哭聲蓋過熱鬧，沖天炮聲才停止。她不忍到窗邊看，只聽得長輩在慌亂中驚叫，心裡忐忑不安地想像搶救的情形。

　　從窗外吹進房內的風並沒有削弱，那和白天在堤防感受到的頻率相同，使人心慌，教人意亂……什麼怪事都可能發生呀。

　　最後，趕來的救護車鳴笛聲讓家惠隱隱有了睡意，在模糊意識中她禁不住想：這樣才算是為不安的夜劃下句點，結束可笑的一天嗎？

十一、

　　自稱解惑的專家維持一貫聳動的言詞，以威脅式口吻，拿著指棒說圖解密似地強灌電視觀眾「世界毀滅」的種種可能性：核爆、外太空隕石撞地球、全球氣候暖化……人類必須未雨綢繆地在月球上設好藏身的基地，才有繼續繁衍的機會。即使世界末日發生的可能性比起被鄰家隨機殺人的無同理心份子砍上一刀的機率都還來得小，但引起的集體恐慌就像暈船會「傳染」，讓發酸的作嘔感引導胃中食物從「來時路」再回到嘴裡的反常，用一種不可思議的「反作用力」推擠而上，如同俄羅斯娃娃一層層往內深封，卻又以違反開啟的方式由內一層一層敞開，讓最裡面的東西毫無阻礙地脫離身體，操控每個人各自玩弄身體好享受傳染帶來熱鬧感，即使反芻造成的穢濁氣味足以讓美麗新鮮的花朵枯萎也不覺可惜，「就讓這世界醜惡下去吧，反正不只我一個人這麼做。

　　家惠伸出雙手高舉，明亮的天空下，陽光自晃動的指縫透出光束，稍稍放下又舉高，一種隨意操控它的好奇，就像是第一次擁有雙手可以使用的感覺，手心手背不斷反轉細察，那如山脊般凹凸的骨條延展出的指頭有長有短，依序是中指、無名指、食指……一伸一縮地屈張運作；現在的她體會到她的靈魂有多麼「不簡單」了，為了這種可貴的存在，她知道她必須跳脫反芻玩弄自身的無自覺性行為，真正為自己爭取一次非外力支配的真心需求。

　　製造改變的機會，不讓消極的環境支配一切。

「醜惡的世界」就在我這裡停止。

釋懷了，家惠的心裡產生一種壓制浮動想法的力量，開始把精力專注在課業、體貼別人及家人的需要上；認真讀書是她對這個世界展現求知的熱切，真誠互動是為了讓自己的世界更完整，這些都是她真心想做的，不覺疑慮。

「去溜冰吧。」
家惠決定和阿龐去溜冰。

阿龐看了家惠的網路留言，原以為會再度被拒絕的他，當天夜裡開心地失了眠。

過去，對於能不能追到家惠算是不計後果的一廂情願吧，如今因為偶見她在街上對老人家釋出的善意，讓阿龐不禁想證實她是否真有「一改以往」的可能而非又是自己錯想，所以便約了她，當作是試探。雖因家惠過去嫌貧愛富讓他再激不起對她強烈的愛戀，但是現在答應在她眼中是貧窮代表的阿龐一起溜冰，便說明她的虛榮心態已經有所轉變，阿龐甚至覺得這個發現比起如果能追到她還來得令他振奮，所以阿龐不是為了自己能約到家惠高興，而是在替一個懂得成長的人高興。

而家惠回覆阿龐的邀約並不是給他追求的機會或想和他交往，只是想知道阿龐為何在看輕她之後，又再次認為她有值得被約的理由。

在冰宮，領了合腳的冰刀鞋，家惠隨阿龐走進冰場，這是她第一次體驗人造結冰的世界。

飲著寒氣環目四處，觀台上三三兩兩聚歇的人利用場內滑動的人做著眼球運動，數百盞投射而下的白光照在平滑的冰上，被刀刮起一撮撮的碎冰在冰面與凹痕間的「人脈」中層層堆疊，又在數十分鐘後被灑水車再度整平。

　　家惠瞧瞧掛在入口處白底黑字的大時鐘，指針顯示著下午兩點，外頭正豔陽高照的時候，她卻在這冷得發抖的地方起了想吃冰的念頭。

　　「為什麼要再約我出來？」

　　經過暖身，在一個長長的滑行減速後，家惠倚著圍欄問。

　　阿龐這才將他在放學路上看見家惠幫助老婦撿柳丁的過程說出來。「我相信妳會那麼做，代表妳人並沒有想像中現實。」

　　喔，原來。阿龐並沒有想到我連車被擄的起因有多麼不單純，單就我幫助老人就能得到讚許、扭轉對我的印象，他是否太天真？家惠心想。

　　「重要的是，我發現妳的表情變得和以前不太一樣了。」

　　這句話反倒引起家惠的好奇。

　　原來，這和阿龐曾聽他阿公說他年輕時的經歷，深深影響他有關。

　　阿龐的阿公打娘胎出生就是一付時時要找人麻煩的臉，天生的橫眉豎眼屢屢遭人誤解，三天兩頭就有看不順眼的人要上門和他幹架，討老婆更是一波三折，受盡女方雙親百般刁難，連工作上產生的摩擦大多都是來自他的一臉兇相，因此他下了一個決定：時時保持笑容。雖然一開始並不順利，自己「擺」得辛苦，看的人依然「心驚」！但隨著時間過去，地心引力將臉上的皮肉越是往下拉，他的嘴角卻越是自然地向上提升，成就了一道自然而美麗的弧線。

　　現在，阿龐看見家惠逐漸有著他祖父那種不是靠假裝做出來的笑容和遊刃有餘的自信，他就知道她變了。

　　場內冰削發出的銼聲不絕於耳，移動的人群就像海洋中自創規則的魚，全循著同一方向游行，是默契，也是免於特立獨行而遭致傷害的自我保護。

「我阿公跟我說過，人要感激『老化』這件事。」人只有在身體越來越差的時候才會反省自己過去的所做所為，變得比較謙遜和認清事實。由老人口中說出感激老化這件事真不容易，果然要感激「老」這件事才能帶來如此與眾不同的體悟嗎？

自從家惠和阿龐在網路上重新建立起友情之後，阿龐便時常向她提及他阿公是如何幫助他渡過那段困惑不安的日子；尤其國中時，多少個流連網咖的夜裡，在二十四小時營業的超商領取即期麵包裹腹也不願回家面對父母鬧離婚的心碎時刻，都是阿龐的阿公耐著性子勸說、等待才換來他的覺醒。

「你可以不愛讀學校的書，但不能不喜歡『一直吸收新知識』這件事。」玩到眼神渙散的阿龐拖著書包，來到正在焊鐵的祖父身後，原本想開口要學校的午餐費，卻得到這樣令他意外又羞愧的回答。

「有些事情的發生，我們雖然沒有能力阻止，但是可以就到我這裡為止。我阿公凡事讓我自己去想，只要不是做害人害己的事，從來不怕我去嘗試，漸漸我發現原來失敗會累積抗壓性，因為一直修正，我才能一次做得比一次好。」

現在的阿龐白天上課，夜裡在燒烤舖打工，想走餐飲業的他提前接受社會的洗禮，除了食材準備的學習之外，充滿矍爍的待客精神也讓他凡事變得積極，到店裡尋求溫暖的酒客總能因為他熱情友善的態度而一再光顧，若是遇到刻意找麻煩的奧客或同事間的摩擦，他也在經驗中一一磨出處理的智慧，自信逐一建立起來。

是的，家惠其實感覺得到阿龐散發的自信和魅力，否則她不會在明白真正的自信不是來自外界的附加之後，還和一個不修邊幅兼一文不名的人出遊，過去似乎扭曲了知足常樂的意義，因為它現在看起來並沒和任何期待衝突呀。

突然間，一個與他們擦身而過的溜冰者疾速而去，留下可能衝撞的驚嚇和巧妙閃避的動作迴盪在家惠的意識殘留處。

「來，我們再去兜一圈。」阿龐對家惠微笑著說。

她點頭，腳一蹬，他們融入場內的人群。

冰場裡不斷有新加入的人在溜冰，有些人溜得久，也有人只短暫停留，甚至因為受傷退場，或有要事離開，更多僅僅是累了……沒有人能夠預估任何一個人停留在場內的正確時間，更無法設想能和自己溜到最後的有哪些人，只要是有興趣一同共建美好的溜冰時光，誰都歡迎，即使僅是搭個話，或者切磋技術，彼此獲得值得回憶的片刻便已足夠，畢竟沒有人能永遠在這裡停留。

*

傘柄轉了轉，防水布銜接處脫線了。

爺爺奶奶已經就寢，家惠獨自坐在店內小板凳上，舉傘端詳。

才剛把奶奶穿到裂開的鞋底黏合壓在桌角下，家惠決定再多花點時間把傘縫好，哪怕奶奶不曾注意傘破過，只為綴補付出的片刻。就像曾經，她多麼希望能從父母手中接過自己的禮物，就算是無形的祝福，只要擁有能把彼此聯繫起來的感覺就好，奶奶一定也是這麼盼著自己的孫女吧……

家惠將臉湊近撐開的傘內，細看可有漏補的地方。

傘蓬在日光燈下確定並無透光的細縫之後收起，放入近門的傘筒裡。四周靜悄悄地，暗處老鼠等不及燈光滅掉再大肆享受奔跑的快感，不計後果地翻找角落的殘羹碎屑，而蟑螂祭出如橫掃市井的跋扈陣仗，和水泥壁年久疲勞剝落的聲音取得完美搭配……這些看似生機勃勃卻又蘊含無限悵然的觀感刺激出掃描大腦般的連續造影，時光仿佛回到過去，爺爺、奶奶、爸爸是如何在這個地方為了家、為了生活、以及未來將會出生的她忙碌穿梭在工作檯、蒸籠、油槽前，滲著汗揉麵、擺饅頭、炸油條；揮發的油煙在這間店的每個角落鍍了一層金黃色的油後，麵粉噴煙飛揚，沾在滿是油煙的桌面、椅子、牆壁、流理檯、水龍頭、水槽、水管、水桶、麵粉袋、油桶、地板……直到油槽再次冒出油煙時，再把那沾在四處的麵粉封存住，然後又一次麵粉飛揚、油煙再次上鍍……這間用時間提煉出來的黃金店舖，是用愛一點一滴薰造出閃閃發亮的空間，更添它金碧輝煌的……

突然，鐵捲門外傳來救護車的聲音，家惠不自覺抬頭，視線就像能穿透過去，「看見」救護車為一個在夜裡病發的老人而來，而那老人也為他自己的家用不同的「材料」和充滿厚繭的手打造出一間屬於他家人的「黃金屋」，將堅持到底和永不氣餒的精神傳承給他的後代，毅立不搖。

認清生命會衰微，懂得放下的就會越多；死亡是老化的終點，是體會人生最終的獎賞，不必視為代價。
阿龐祖父曾經的叮嚀言猶在耳，與阿龐的緣份卻到此為止。
但他的遺愛還是傳承下來，即使那輛救護車將他永遠載離了。

無法預期的分離若是在兩造相理解的狀況下分開，比起帶著誤解分離徒留遺憾還來得瀟灑開闊，就算會感嘆也只是執迷在美好的感覺中一時無法抽身而已，因為美好的時光長存，就是堅定彼此感情的誓約。

幽子穿透所有物件，雖然無法把在世界建立的一併帶走，但是看不見的部份，***現在驕傲地獻給你——我親愛的。***

天乾物燥造成的遠方森林大火仍在延燒，濃濃黑煙直竄天際，烈燄將「吸咬」到脫水的樹木一一扳倒，何時休？沒人知道，只知道這是個多事之秋，是個充滿決命的殺氣之秋。

海面上的強風一陣接一陣，一個浪頭比一個浪頭高，水壩洩洪後繼續蓄水，舊樓塌了即以新廈取而代之，國會殿堂改選了一批新面孔繼續承襲魚肉鄉民的傳統，在探測器登上火星的今天，在社會競爭激烈的台灣，學生在考卷上默默寫出孔子因材施教原來只是做樣子的答案，在數千年來科舉制度未完的茶毒中重覆掙扎著。何時休？

幾天後，家惠去阿龐家為他阿公上香，途經一間便利商店，有個拎著補習班提袋「趕場」的孩子將商店門外微突起的水泥地充當桌面，將燙手的關東煮放在上頭，姿勢像虔心俯拜，事實上卻在狼吞虎嚥，騎樓滿是來往的人群，因為專注進食而對著天空翹的屁股看起來既滑稽又淒涼……**為什麼呀，明明有東西吃、有地方去是件幸福的事，但為什麼還會覺得心裡頭酸酸的？從來不繳房租就住進屋內的老鼠蟑螂蜘蛛壁虎不也是幸福的嗎？不僅白住還白吃，只要不出聲，安安靜靜地活（躲）著不礙眼，豈會遭來一陣窮追猛打？何必喊著建立尊嚴的同時還壓著他人自尊，對被踐踏自尊的人強調尊嚴有多麼重要！**

這是「先到的人」讓「後面的人」有無根的感覺吧！安安靜靜地活著，安安靜靜地唸書，還要安安靜靜地接受書唸得再多，對生命沒有熱度、在人世間白白走一遭的感覺！

這麼活著？

家惠知道自己已經脫離了，她沒想到自己會超越泡泡的果敢，獻上一次最真實的體悟——用自己獨有的自信面對有限的生命，不被明知不可為而為的事所支配！命運既然伴隨無法預期的分離，那在生命中找到付出的幸福感應該就是人生最大的回報，其他額外的追求和掙扎似乎就能夠拋開了。

　　紙蓮花、香柱、掛滿靈堂的輓聯和鮮花⋯⋯所有可以滿足活人補償逝者的東西都備齊了，希望藉由物質營造出來的排場將心意傳達到看不見的世界中，創造另一種真實。

　　沒有停頓的誦經聲像一串長鍊在空氣中打出長長地、看不見盡頭的結，家惠站在阿龐阿公的遺照前閉上眼，雙手合十。

　　「意識在這個時候才算真正接觸到什麼是自由吧。」

　　假設這個世界上有人能預先知道自己即將做的每一個決定將會造成的結果，那麼在壽終正寢前，也寧願分毫不差地演繹吧，「想要更好」有時候並非因為貪心，如果確定事後會遺憾、會懊悔，誰還願意明知故犯？但若改變原本的發生卻造成更糟的結果，那是否不如別先知道的好？

　　命運始終無法衡量，因為未知才有無限「可能」，在平白等死之前還有很多事等著我們去做，就算不明白為何而生，但全心全力感受，也能看得出死亡豐富了我們什麼⋯⋯

　　對茫茫的未來不帶情感，對過去念念不忘的懷舊與熟悉，那些怕被輕看、被議論、被異化的感覺在家惠心底昇華了。

　　從這時候開始，她覺得時間漸漸在縮短，一個本來不該久留的「存在」開始移動，它越是靠近自己，那種存在感似乎更容易消失；就像從廣場高處欣賞一幅你認得的肖像作品，當觀賞的位置越近，肖像瓦解得越嚴重，到最後你甚至來到那組成肖像的其中單一物體面前，明白那原來是由數百頂不同色階的圓帽排列成圖案，甚至可以用手去觸摸它的質感，或者更深入，用顯微鏡看透人造纖維上有多少塵蟎和微生物形成另一層次的作品……但是原本可以縱觀的全貌反而消失了，那麼到底哪一邊才是真實的？應該說如果想知道它成形的方式是什麼，代價是不能再走一遭，那麼，你「期待」的該是哪一邊？

十二、

生命就像蒸籠掀開一霎那竄出的水氣，總是被冷空氣吞噬，煙消雲散。

家惠把擺滿圓滾滾麵糰的蒸籠放到爐子上，將火調大。

她站直身子，扭扭僵硬的腰桿對天花板輕輕吐了一口氣，正想稍事休息，看見坐在店尾忍著膝蓋疼痛的奶奶，手裡忙著把前一天炸剩的油條放進塑膠袋裡捏碎。

抬頭看看牆上時鐘，顯示該開門營業了。她回頭將店內礙事的板凳排好，再將鐵捲門拉起。鐵捲門一如往常啪拉啪啦像不中用的老骨頭喊痛般捲縮起來，看見對街出現阿龐一家人在這水色的清晨蒼著臉，準備坐車前往殯儀館。

今天是阿龐爺爺的告別式呀……遺憾的感覺還在心底遊走，家惠卻突然撇見 Nine Ball 出現在對街，產生他不該在堤防和安養院以外的地方出現的錯覺。

Nine Ball 似乎在那裡待了頗長一段時間吧，他對著前方的空氣說話，擺個手，似乎像是在道別。

她拍拍沾在手上的灰塵，好奇走向他。

「你怎麼會在這裡？」

「和一位慈祥的老人道別，」Nine Ball 回答。

坐在店裡的奶奶探頭，好奇家惠是出去和誰說話。

「老人？我沒看見呀。」家惠一頭霧水地說。

Nine Ball 形容那老人的模樣；男性，白髮平頭，一隻眼睛有白內障，下巴有顆長毛的大黑痣，剛才還坐在花圃旁抽著煙和他話家常。

那形容的樣子不是阿龐的祖父嗎？今天出殯的人是他，怎麼可能還好端端地在這裡抽煙？何況……家惠什麼也看不見啊！

這是一個特殊的情況，特殊到家惠瞬間產生「喜悅之情」。「難道你看得見鬼魂？」

Nine Ball 點點頭，卻淡然說道：「妳覺不覺得處理後事比起迎接新生命來得好像做的永遠嫌不夠多？」

高倍天文望遠鏡在多數時候並不盡然是要看更遠的星河，而是為了將近處黯淡的東西看清楚。

「死亡」對不曾跨過去的人是充滿陌生的，沒有前例可做預備，死去的人只能獨自體會，私密得無法分享，當然也就無法回頭修正活人的猜測；生者要為無法動彈的屍體吹奏銳耳的嗩吶聲以示送別，設想週全地燒紙房子、紙車、紙錢來拖延意識的存留，死者有這樣的對待不過就是因為走「人」沒經歷過的路而受到尊敬，就算彼此曾經有過仇恨亦是如此。

猶如數紮燒盡的紙紮灰屑落在肩頭那樣迷網淒楚，她想不到 Nine Ball 和自己對死亡竟有相同的「嗅覺」，「嚐」得到亡者帶來的感受。

家惠自小知道自己看得見別人看不見的東西叫做靈異體質，便一直承受心被孤立的寂寞；黃昏時學校的廁所、遊樂場的鬼屋、那些蒼白或者沒有五官的青衣綠鬼總若隱若現地向她現身。「我同學都說沒看見，我只好盡量忽視它們，當作是幻覺，否則說出來不但沒人信，甚至還會害怕我吧！」

她甚至曾在初上小學的頭幾天告訴奶奶，死去的母親每天陪她上下課，就讓她老人家擔心不已，為此還生了場大病。這讓說出實話的家惠感到相當後悔，而母親也在這場風波之後就再也沒「出現」過。

「妳說我就會信。」Nine Ball 堅定的眼神如強日、如磐石。

家惠並沒想到會有那麼一天遇上和自己有相同經驗的人，而且竟是 Nine Ball，她認為難怪對他有一種無法形容的契合感，如今 Nine Ball 說「相信她」，讓家惠感動之餘但也徒增困惑；等待多少年的認同，如今盼到了卻又覺得一點也不真實！就因為有人相信你說的話，現在起就該放棄多年來在「否定」上做的「努力」嗎？她心裡反而激動起來，枉費每一次在心裡肯定，之後又毅然否定的想法翻攪不已。「這⋯⋯或許真是我的幻覺也說不定。」她已習慣「否定」自己的「肯定」，對 Nine Ball 說。

「妳只要抱定可以看見就會看見。」

奶奶把手裡的油條放下，拐著步子來到店門口。

家惠聽得鐵捲門晃動的聲音，轉身瞧見奶奶吃力地用撐杆往上頂，才從對街疾步而返，只是一來到奶奶身邊，回過頭，Nine Ball 就已經離開了⋯⋯

＊

帕沙沙沙⋯⋯

零碎紛沓的腳步踩過一片擁擠無序的墓園，既抖又滑，竹林的落葉被壓得沙沙作響，像是頭髮被磨碎的聲音。

阿龐一家人按照習俗在殯儀館把儀式走完後，帶著往生者的骨灰前往最終「住所」。

「它」無可奈何地在活人安排下緩緩前進，像子彈用盡的戰俘，任憑帶領到未知之處、與自欺欺人的「日內瓦公約」擦身那樣，生也好，死也罷，「無良」是戰爭中沒有標準卻唯一確定的標準，如同阿龐的祖父無法決定死後要停留在什麼地方一樣，只能任其擺佈。

骨灰罈被放入墓穴了，「它」——阿龐的祖父順著土壁緩緩滑入，低頭坐在骨灰罈上面。

還是活人跋扈！

墓穴外充滿哀淒的哭聲蓋過阿龐祖父發出的長長嘆息聲，每當一撮鑯進穴內的土碰著「它」，「身體」的那部份便會向小小的罈裡陷入，直到骨灰罈被蓋上一層厚厚的泥土，阿龐的祖父便被永久封進這個罈槨裡了。

＊

於此同時，家惠向來店用餐的客人道別時，發現漸亮的天空有朵形廓圓厚的雲在騎樓上方盤旋，她心底升起一股奇異的感覺，對父母想說的話現在似乎可以透過這朵雲帶著升空，傳到他們耳裡……

「爸、媽，你們好嗎？一直很想知道你們在另一個世界快樂嗎？」如果能讓他們聽見，這是家惠最想問他們的問題。

就算在另一個世界也要在最好的地方「長眠」，一片翠綠的草坪過去是俯瞰美景的絕佳場域，青山蓊鬱，地靈人傑的寶地，擁擠無序的相反之處，就算足以買間二手公寓的價格都值得投注，因為好風水牽動生者的執著，姑且不論是否為了後代子孫（活人）聚財興旺做努力，是死者生前帶給留存者太多情感上的回憶，所以才會被認為死後仍然值得擁有和活人一樣絕佳的「住所」。

「寶貝」生前最愛的狗骨頭造型磨牙玩具放在牠的沙龍照前，Ann

125

哭紅的眼眶充滿無盡哀傷，狗死不能復生，她和母親爾後只能往返於這座寵物靈骨塔來悼念愛犬，在這片悠美清靜的山林中遙想和牠共創那段閃亮的回憶……

過去，「寶貝」的照片放在網路上與認識與不認識的人一同分享，如今，快樂的畫面雖已無法繼續疊加，卻昇華為 Ann 最珍貴的回憶。

天色漸暗，萬物在月光的親吻下顯得神秘起來，並非是外太空製造的拉幕把戲，而是地球自造的知覺。自古以來，人類忙著找尋自然中規律的一切，也竭力創造著規律；人類充滿變化的靈性創出各種記錄萬事萬物的方式，以豐沛的情感將不想錯過的感動留在洞穴裡、石壁上，用畫、用音樂、用文字……只為了能夠傳頌，重覆回味，在一成不變裡釀出屬於自己的獨特活動。接著，回憶具體化的能力隨著科技進步不斷增強，除了簡單「睹物思人」的方式──留下的遺物，將死者容貌製成蠟像、銅像、照片、印刷、錄影攝像帶和電子檔……美好的時刻不再是私有的精神經歷，它變得可以分享、更容易感染，不論好的壞的──散播愛的信息或邪惡思想，都以無法估計的速度在擴張。

瀏覽過上百人次要 Ann 為「寶貝」節哀的網頁留言之後，家惠轉進阿龐悼念阿公的網文，又搜尋到他妹妹上傳和她阿公的合照，在空蕩蕩的留言處成為第十七位在此留下足跡的網友。

但她呆了，她難以置信地抱頭叫了一聲！像用盡全力般，感慨又驚訝地看著電腦螢幕。

她看見阿龐的阿公擁著當年只有國小二年級的阿龐妹妹對著鏡頭比出勝利手勢的相片，小妹懷裡抱著一隻看起來相當眼熟的玩偶──是那隻曾經讓家惠魂牽夢縈，猶似被風吹過逆毛無辜樣的青蛙玩偶，它居然會在阿龐妹妹的懷裡露出被疼愛的「幸福笑容」！

家惠做夢也沒想到自己還有機會看到那隻令她心碎又讓她認清現實是什麼的青蛙……不過，不解的同時她也有鬆一口氣的感覺，明顯地，這代表那隻玩偶當年並沒有落入那個討人厭的富家女手中，而是「跟」了看起來更可能珍惜它的人手中，只是……她好奇那隻青蛙是怎麼成為阿龐妹妹的玩具呢？

阿龐將存了多年的「豬公」撲滿拿到文具店的櫃檯。
「老板，我要買那裡面的青蛙，」阿龐遙指貨架上滿滿的玩偶說。

從小到大，阿龐兄妹倆都是撿別人的舊玩具玩，如果他們看上同一個，阿龐就一定會讓給他的妹妹，即使那些玩具的狀況並不是很好；漂亮的拼圖不是缺了幾片，就是帥氣的機器人被截肢成重度殘障，原本會發出閃光的彈力球不僅不再發光，還像被牙齒啃過般坑坑洞洞地，有齒輪的機械蛇更彷彿靈魂出了竅，只剩下色彩斑斕的空殼動也不能動。

身為妹妹最依賴的哥哥，阿龐知道妹妹要的是什麼，她已經上小學了，頭髮也開始想留長，但卻連一個屬於自己全新的玩具也沒有，於是他開始想辦法存錢，除了忍住不用壓歲錢買想吃的零食，還到阿公的工廠幫其他師傅買煙或檳榔賺取跑腿費，甚至被贈予的糖果他都希望能夠變現，就是要在妹妹下一個生日來臨的時候送她喜歡的玩具——和家惠看上的同一隻青蛙。

當年為那隻青蛙流了多少不甘心的眼淚啊！可笑，真可笑，與其羨慕他人可以擁有很多東西的本錢，阿龐用毅力和堅持把不起眼的零錢一點一滴累積起來，當然也感動了阿公幫忙湊足最後一百元買下這隻高價的進口玩偶。

瞧，這樣不也買得到嗎？自己還在流淌的時光中忿忿不平，卻被其他有決心的人實現了！

家惠呆望著阿龐在網路上為她釋疑的回答——玩偶得來的經過，再看看那照片裡的青蛙，何其「無辜的臉」卻挑起何其大的風波，不，應該說再大的風波都只是自己內心製造出來的，心若不浮動，誰人能動得了你呢？一切起起落落的糾結和想法只在自我懂不懂得化解罷了……

聽過爺爺說小時候在大陸老家窮得湯裡面就算只剩下油花也要用筷子使勁兒地撈，一片也不放過，一滴也不留剩，那貧困的記憶反而成為遭受戰爭粗暴對待後腦中存有的寧謐和專注，一塊無可取代的淨土。

那自己呢？在堤防和 Nine Ball 一起吃了饅頭、在遭遇連車被擄的經歷，家惠對饅頭這種單調、象徵貧乏的食物，也發生了無可理解的美好。

在不甚美好的地方奉獻美好，那地方就會變得美好。

改變土壤的酸鹼值，在寸草不生的脊地種下新苗，待它茁壯，引來的昆蟲和動物會帶來更多的種子，讓這裡看見綠芽、花開，讓他們子子孫孫得以在此延續欣欣向榮的闊景。

漸漸地，家惠減少更多和同學出去的機會，只想親自將盛好的飯放到爺爺面前，在家裡和二老共進晚餐。

「好，好……一起吃飯吧……」爺爺作勢要她別忙，開心的聲音裡充滿受寵若驚的顫抖，也牽動臉上久未舒展的皺紋，慢慢地變淺、柔和起來——在身子一天比一天感到舒坦的日子裡。

麵糰被裁刀削的每個缺角都是獨特的，就像每一道臉紋、每一個靈魂都有它特殊的割劃，家惠的父親縱使在世間停留的時間極為短暫，但卻釋放過激情的能量，無懼也無悔，只是飽嚐每一片段的時空裡排列方式無誤的原子撕裂，粉碎再粉碎……**看著自己被燒得面目全非的肉體在高溫的火燄中殆盡，母親過於悲慟而忘了悲傷的限度哭倒在地不起……是在失去的時候才發現嗎？一定要離開軀體，才能在超過生命長度的時間軸裡通盤了解自己原來擁有那麼多？**

早晨，當家惠在後陽台晾衣服時，才發現印象中黝暗的防火巷景色竟是那麼動人；陽光像一層薄薄的透明水彩「塗」在後巷，夾縫中的野花並不掙扎，只是在展現生命的活脫，甚至比起溫室裡的花更顯嬌媚，景深加上縫合與疊影將她帶入幼時和奶奶一起曬衣的溫馨時光，她發現自己用粗陋的幻想「看」這防火巷太久了太久了。

回到房內，撫摸父親生前貼在書桌的卡通貼紙，想像童稚時的父親一定非常喜歡這張桌子才會想要這麼妝點它吧，雖然裡頭放的不再是父親的，而是自己的東西，即使它現在舊了，抽屜也因為多次推拉而磨鈍，但因為仍然還被使用，表面的木紋還是顯得那麼有光澤，像是超越生命的守護者繼續守護她長大似地。

家庭是培養愛的地方，以身教傳承，讓來到世間的靈魂都能體會到相同愛的感受；集體編織未來，甚至不惜犧牲生命來達到教化人性光輝的目的……做人非用代價而論，人既然為愛存在，那麼命定就是和諧相處，智慧從生活中點點滴滴精粹出來，只要用心體會每一個當下都會有所嶄獲，如同生命的歷程從「蕈狀菇孢子」四散尋找延命落腳處，到一滴集空旅行而墜的朝露，都是生生不息的循環，一朵美麗的花不僅只點綴大地的美麗而已，花粉的甜蜜更造福更多賴以為生的生命，是互助、也是互依……

所以看山不一定是山呀。

森林大火將湖邊最後一棵大樹吞噬，再也沒什麼可燒了，焦木像一堆疏密不均的黑色骨牌矗立著，在看似走向不可回頭的悲痛後，待成為新植養份，美好的循環便完成了。

所有的淚水都已啟程，如果能夠選擇死亡的地點，至少不應該是地獄……

而張景年嚥氣那晚，他完成了他的周期，帶著屬於他的尊嚴離開這個世界。

超越痛苦，也超越所有妄念，「他」覺得自己的靈魂不斷地膨脹變大，就像一道高昇的光籠罩整個世界，那些曾經傷害他、使他身心染血的地方，無從追究的邪惡洪流都在他「羽翼」下成為值得同情和寬恕的「孩子」，他現在是如此「巨大」，就像這個世界是用他的愛創造出來的，只有憐憫和諒解充溢在遼闊的天地之間。

那晚，安養院配合的醫院因某些原因無法即時派出救護車，院方人員只得將斷氣的張景年抬到別廳暫擱。

生命的音符被敲響，又靜靜離開，唯有在一個音符消失之後，才會有取而代之的音符出現，一個接一個，爭相湧現……

渡船人助溪還原了清澈。

Nine Ball 在張景年的屍體旁伴了一夜，直到未鳴笛的救護車從夜的大麾下緩緩駛來，載著張景年往一條永無回程的路而去。

而金黃色的曙光在披展於榕樹的逆影之前，Nine Ball 也「永遠地」離開安養院了。

十三、

　　起風了，早晨原本該有的亮度卻因為蓄含水氣的風將烏雲聚來，大地看起來一片灰藍藍地；灰藍色的街道、灰藍色的行道樹、灰藍色的車輛、灰藍色的行人、灰藍色的流浪貓和狗……

　　家惠今天並沒有幫忙開店做早餐，因為奶奶膝蓋的老毛病又犯了，連走路都會痛，更遑論下樓梯，憑家惠製造饅頭的功力還不足應付客人挑剔的味蕾，所以一早得熬了白稀飯、煎荷包蛋配菜心給爺爺奶奶當早餐，便匆匆準備上學。

　　鐵捲門一拉起，原本站在對街往家惠家二樓凝視的 Nine Ball 立刻將視線下移，對家惠綻開微笑。

　　他看起來似是站在那裡有一陣子了。

　　她覺得奇怪地走向他：「你怎麼會在這裡？」家惠心裡其實想問的是，他怎麼會知道自己住的地方在這裡？

　　Nine Ball 只是笑而不答。

　　「我要去上學了……一起走嗎？」

　　畢竟入秋了，Nine Ball 手插在口袋，縮起肩點點頭。

　　沿途，Nine Ball 始終沒說為什麼會出現在她家對面，只是問候她的近況，便在接近校門口的地方離開。

　　接下來連著幾天，Nine Ball 都在同樣陰沉的早晨穿著同一件單薄的 T恤出現在家惠的家門前，然後靜靜地陪她走路上學。

「妳這幾天早上都是在和誰說話呀？」有時奶奶會聽見家惠在門口和 Nine Ball 遠遠打招呼的聲音。

「一個朋友，最近都會陪我上學。」

他不會是愛上我了吧？家惠不禁想。

但週六的早晨透過窗口，她沒有看見他。

週日同樣也沒有，家惠便好奇地往安養院走一趟，但來到安養院門口，還沒說明來意就被姜頤擋在門外，怒氣沖沖地對著她咆哮：「要找那渾小子去他家找，來這裡做什麼？」

原來 Nine Ball 已經離開安養院很久了，所以才會在無法預期的地方看見他嗎？家惠忍不住這麼認定，因為他最近一反常態地出現在家門前，用一種嚮往又眷戀的眼神看著她的家，是在和她道別嗎？她帶著滿滿的疑惑離開安養院，心中總覺得有什麼事正蘊釀著發生，如同推敲醃漬在陶缸裡發酵的黑豆，唯有在掀開蓋子以後才能看見醬油的成品狀態，一切可以預期，也同樣可能超出想像帶來的程度。

晚飯後，原本悄悄露臉的月亮又遁入雲裡，毛纖維般的雨絲開始在空中翻舞，彷彿微縮的浪潮，一陣又一陣伏貼在皮膚上，冰涼冰涼。

奶奶收拾餐桌，家惠則擦乾洗過碗而冰冷的手，坐下來陪爺爺一起看電視，直到爺爺累了要休息為止。

在爺爺被攙進房後，家惠回到客廳把日光燈切換成小黃燈，並習慣性地把頭往窗外探，想知道外面的雨可有讓柏油路達到反光的程度。

這時，她突然看見穿著白色汗衫的 Nine Ball 再次站在對街朝這裡的窗口望。

顧不得身上穿著不體面的家居服，家惠衝下樓拉開鐵門，直奔到對街，一陣夾帶細雨的冷風趁機向她襲來！今夜溫度比前一天更低了，她不禁把頭縮了一下，步子變得細碎來到 Nine Ball 身旁，但睫毛上早沾滿細密雨珠足以影響視線的 Nine Ball 卻佇立在寒風中動也不動。

何其詭異又驚奇的感覺！Nine Ball 為什麼在風寒露重的時候還站在這裡？又為何不敲門呢？

「你怎麼只穿一件短袖的衣服……快進來坐吧。」她怕 Nine Ball 著涼，至少躲個雨暖暖身子也好，便領他來到家門口。

這是第一次邀請男生走進這個從來不想分享給別人知道的家，家惠沒想過對一個在乎的人展現自認為的弱點也能沒有負擔，這真是不合理的感覺！

「真的可以嗎？」佇在鐵捲門外的 Nine Ball 眼神發亮著，不敢相信自己耳朵聽到似地再次確認。

家惠點點頭，Nine Ball 微溼的頭髮似乎因為心裡感受到暖意而溫化，他小心翼翼步入店舖，用一種極為熟悉，卻又生疏的目光環視這間油膩膩的店舖。

家惠把這個將她養活的地方展現在 Nine Ball 面前，語氣透出自豪：「這是我家的早餐店，一個連招牌都沒掛過的早餐店。」

話才說完，家惠想或許該讓 Nine Ball 上樓去坐，樓上才有熱開水，有椅背的藤椅坐起來也比較舒服。

「不嫌棄的話到二樓坐吧，我倒杯水給你喝。」

Nine Ball 不做任何客氣的推諉，看起來甚至還有些期待地點頭跟隨。

但家惠才要帶他上階梯的時候，奶奶捧著一疊新換好的鹽從上面走下來。

「最近濕氣太重，鹽都潮溼了……」奶奶低頭喃喃自語。

「奶奶，這是我朋友，叫做 Nine Ball。」

Nine Ball 看起來相當開心，卻也顯得小心翼翼。

奶奶看看 Nine Ball，眼睛瞪得牛鈴般大，再看看家惠，愣了幾秒鐘之後，才不發一語地把手上的鹽放下，轉過身輕輕地，不知是給家惠看，還是安撫自己做出點頭的動作，踏著沉沉的腳步上樓去了。

他們看著奶奶的影子被二樓客廳投射在樓梯轉角的光線吃進去後，才彼此對看一眼，Nine Ball盯著階梯上那疊泛著森冷青光的鹽，神情淡漠地說：「妳奶奶似乎不歡迎我……」

「你別亂猜，她並沒那麼說呀。」家惠相信奶奶並不是不歡迎 Nine Ball，可能是因為來訪的人是個男生而感到不知所措吧。

「如果你覺得不自在的話，在一樓休息也可以！」為了留住 Nine Ball，除了擔心他不把身子弄暖會感冒之外，還想趁他難得來家裡和他多聊一些，她想了解他，也希望他能多了解自己——在這毫無能夠掩飾的家中。

「謝謝。」

Nine Ball 道謝的口吻像是漫不經心，但又充滿無限好奇這間蘊含未知與魅力的「世外桃源」，像在用自己有限的知識與經驗小心翼翼探索似地。

他摸摸那經過歲月不斷蝕洗的流理檯、積累油垢的鍋爐、磨到花白的折疊桌，以及曾經多次不慎掉進豆漿裡熬煮、卡著洗不徹底漿垢的木柄湯勺，再看看一旁的藍色紋邊瓷碗公……一直是用來裝糖粉的；而碗底有龜裂成網狀的紅色紋邊碗公……如果沒記錯，是用來裝蔥花的，其他裝油條的鋼桶、裝白芝麻的陶碗、還有透明塑膠的掀蓋式鹽盒都換了新……

「我可以為妳爺爺做一個饅頭嗎？」

「為我爺爺……做一個饅頭？」家惠重覆 Nine Ball 的話，以為自己聽錯了。

似是心血來潮，卻又像是有備而來翻找製作饅頭的材料，家惠告訴他麵粉袋的位置，並幫忙在工作檯上備齊材料，就這樣，Nine Ball 不似初試而熟練地揉起麵糰。

家惠站在身後看著，這是怎麼一回事呀，為什麼他可以這麼順手地掌控這整個空間？動作精準得像是演練過般。

奶奶到了客廳，心神不寧地繞到窗邊後才進入房內，心裡仍猶豫著要不要再下樓，像掀開棉被一樣讓事情曝真？藉時家惠可以承受那樣難堪的處境嗎？

「妳樓下的火關了嗎？我怎麼聞到燒焦味？」爺爺知道二樓廚房的瓦斯早在家惠洗碗的時候就已經關了，所以他能確定聞到的焦味絕不是二樓傳來的，於是問了奶奶。

奶奶心想：樓下在煮東西？不可能吧，何況自己什麼味道也沒聞到呀……

Nine Ball 的手使勁地捶打麵糰，揉開，再捶，拉成長型頭尾重接，搓成圓糰再捶、再揉……麵糰的分子越打越緊，若只是為了滿足味覺的相思，又何必這般帶著虔誠一遍遍像是捶打自己的心、搓揉曾經疼痛的部位？那分明是在靜候囂聲中充滿寂靜的片刻，在夜色降臨的同時，將充滿「溫度」的雙手把說不出口的愛、憤怒與悔恨的淚水通通揉進麵糰再打散，要將無以明狀的思念稀釋，也將那些稀釋開來的思念再融到新的地方展開，產生新的情感，再將裡面的思念揉散……心在黝暗的血海中緩弱地跳，洪水般的嚎哭淹沒了自尊心的重量，佈滿思念的線網在每一次用力捶打動作中產生的結點，與心跳步數的距離拉長再擴張，再拉長再擴張，那是凝固於相生相滅的時刻，崩失的靈魂、虛空的青春，是竄逃還是遺忘？貫穿腦中真相是一枚擠壓過充滿裂痕的種子，心在回歸跳動之前，在充滿強化的空間裡，澎湃的叛逆因子被溫和地釋放出來，在時間長河裡逆出迴轉遺憾的柔波，一道道鮮艷的色川，在家惠眼底匯成流動的璧畫，動容得令她想要一窺，要去觸碰……

「家惠，妳在做什麼？」奶奶站在擺鹽碟的階梯上，朝一樓工作檯喊道。

家惠將原本要觸碰 Nine Ball 的手縮回來，轉頭。「呃……他想做一個饅頭送給爺爺。」

如同一支下墜的飛彈在奶奶眼中離地還有一個人身的距離，在家惠的視角卻已彈頭觸地，而 Nine Ball 看到的則是開始爆裂，三方視覺焦點拉出三條不同速度的時間軸──雖然他們在同一個時空裡看著彼此，奶奶的身子卻像被無形的釘子釘在凝固的空氣中，家惠轉回過的頭則像被一團濃密的煙霧籠罩得分不清楚方向，Nine Ball 則是被下了某種咒語般失去說話的能力，只能對著她們發出只有自己才聽得見的低鳴。

良久，奶奶才像突然獲得掙脫身上釘子的力氣般，終於開口說話；「妳讓他早點回家吧，這麼晚，他家人會擔心的。」

家惠看看店裡的時鐘，是呀，她連他住在哪兒都不知道，怎麼能確定留他的時間沒有超過他家的門禁呢？不過，或許對他並沒有差別吧，不都成年的男人了，替 Nine Ball 擔心門禁？會不會想太多？

原本可能化解尷尬的對談在接下來並沒有發生，Nine Ball 並無做出任何反應，只是對奶奶深深一鞠躬：「不好意思，打攪了。」

然後轉身走出大門。

奶奶臉色蒼白地再次回到房間，她坐在床沿悄悄拭淚，爺爺還未闔眼，見了便問她發生什麼事。

驚慌失措的奶奶為了掩飾淚水，只是輕輕把臉上的淚拍乾，看似不經意忽略爺爺的問話，把床邊小燈關了，說累要睡。

飄在簷上的細雨織得更密了。

掛念的是未能再說些什麼而離開的 Nine Ball，直到手機重覆的鬧鈴響

起，家惠才從無法深眠的睡意中驚醒，趕在早晨上學遲到前迅速起床準
備出門。

　　拉開鐵捲門，一股冷風立即灌入店內，天昏暗的程度和入夜時分沒
什麼兩樣，氣溫卻更低了，雨仍在飄，是那種帶上雨具顯小題大作，但
不加遮蔽又足以狼狽淋濕的雨。

　　近日看來心事重重的 Nine Ball 並沒有再出現，她趕著去學校，卻仍
然不時往家的方向回頭，想看看他是否會在她離家之後才到家對面站。

　　放學後，雨勢更大了，因為校務的關係和幾個同學離開較晚，天色
已全然暗下來，家惠撐起早上用過卻仍未乾的傘走出校門。

　　待轉到家那條街時，她期待看見的 Nine Ball 又穿著同一件單薄的白
色汗衫，在昏黃路燈旁依然不受低溫影響地佇立在雨中。

　　家惠趕緊跑到前面為他把傘撐到，卻發現 Nine Ball 流露出渴望再次
進入她家的熱烈眼神，就像凍鎖在漫天雨絲中的水霧造影，沒有任何事
物可以阻擋得了、也沒有不可捉摸的干擾可以動搖他一樣。

　　她這才意識到 Nine Ball 來這裡並不是因為她，明顯地，是為了其他
的理由，似乎是因為感情在趨動，唯有連結的情感才能將一個人從無法
想像的遠方不畏時空阻隔地回到那朝思暮想的地方，完成再次浸潤的心
願。

　　這是家惠在瞬間想通的事情。

　　Nine Ball 的臉像血液停止流動似地慘白，也看不出打哆嗦的雞皮疙瘩
和青筋，精神上，只是一昧專注地，甚至就像沒注意家惠來到身旁地持
續仰著頭。

　　她循著他的視線看向二樓爺爺房間窗戶投射出來的燈光——奶奶稍
早前返回客廳的身影消失在窗戶的毛玻璃後，再凝視 Nine Ball 渴望的雙

眼，似乎明白這一切為的是什麼，這讓她渾身的血液像沖開一般，忍住激情顫抖地問道：「我感覺你好像認識我爺爺？」

（上冊完，請繼續閱讀下冊）

作者介紹

小男，第一屆「海峽兩岸網路原創文學大賽」優秀獎得主。

座右銘：沒事看天空，有事腦補充。

部落格：http://blog.udn.com/LightBloodLife/article

第一屆「海峽兩岸網路原創文學大賽」
優秀獎《禮物》作者小男專訪

第一屆「海峽兩岸網路原創文學大賽」於 2015 年底揭曉成果，台灣作者小男以作品《禮物》獲得優秀獎，這是一部以反戰為主題的長篇小說，如今由「電書朝代」推出繁體中文和簡體中文的紙本書。

電書朝代日前和小男進行了專訪，談談他這次參賽的心得以及對於創作的看法。

電書朝代：您當初怎麼會想參加「海峽兩岸網路原創文學」競賽？參賽的期許和心情如何？

小男：歷史上發生過的，仍會透過各種遺跡不斷被翻找、檢討，即使如此，每個年代的人看它的眼光還是無法一致，畢竟時空不同。我認為這個世界撕裂人情感的方式，多半都是因為「迷信分類」；宗教的分類、政治的分類、人種的分類、性別的分類、階級的分類、乃至學業的分類⋯⋯所以無端挑起煽動他人分類、排外的人，行為本身反而是可議的。所以，當「海峽兩岸網絡原創文學比賽」舉辦時，我便決定把手邊「禮物」這個希望打破分類的故事，拿出來和大家分享、思考，應該是件很棒的事。

電書朝代：您對「網路原創文學」的看法如何？在創作上有什麼樣的特殊需求？

小男：其實我認為這也是一個無法「分類」的問題，有些人會把「網路原創文學」當作是信手拈來的東西，容易看也容易寫，但我覺得優劣好壞還是在於作者面對作品的心態，一如沒有什麼需求是屬於「網路原創文學」的，我只能說網路的讀者很有福，因為有很多不設限的作者在用自己的方式說故事、和這個世界的人溝通著，所以只要是好的題材、好的說故事方式，能夠帶給讀者新的思考，就是一部值得閱讀的作品了。

電書朝代：您對海峽兩岸的文學交流現況有什麼觀察？對未來的期許？

小男：我覺得藝術是為了聯絡感情而存在，文字當屬其中一項，戰後的兩岸政策漸漸鬆綁，雙方努力促進文藝交流也漸趨明朗，但政黨曾經交惡的歷史仍難逃「分類」的荒謬，即使經過數十年不同的命運改造，現在海峽兩岸人民仍有許多事情見解不同，但卻有著相似的徹悟，如我書中後記所言：「如果我們出生之後用來吸收養份延命的臍帶仍連結著母體，想像千秋萬代的古人不受時空限制地用這樣的方式仍活存在這個世界，是否，在仇恨滋生之前，會為了保住自己生命而打消傷害他人的念頭？就算厭世了，想消滅自己也不再只是私人的事？」不只國事、也不僅止家事，我期許這個靠著網路更親近彼此思想的時代，更多人可以摸索出諒解之道。

電書朝代：您個人的創作背景和願景如何？透過《禮物》這部長篇小說，希望傳達什麼樣的內涵給讀者？

小男：「因果」是我經常思考的問題，由於家父是大陸內戰時期來台，所以覺得總有一天會以這種背景寫個故事，但手邊要進行的題材很多，自然沒積極構思。但在某天夜裡等車的時候，美麗星空深處，我「看見」一個帶著懺悔心的兒子，越過時空為自己的老父親在浴室裡刷背，聊著空缺的人生，故事便在腦中萌生，欲罷不能。

人不是沒有同理心，就連引發集體暴力的戰爭，都能在國與國之間恢復友好關係之後，反過來譴責新挑起戰爭的國家或團體，所以小小的家庭更怎能將得以保存下來的珍貴生命消耗在對立和誤解上？

我相信「體諒」是一切愛的源頭，是生命可以延續的關鍵。